幻 GENROU 狼
FANTASIA NOVELS
幻狼ファンタジアノベルス
創刊!!
8月末日
刊行6点
イラスト／前田浩孝
発行／幻冬舎コミックス　発売／幻冬舎
抽選で3,000名様に、
「狼のしっぽ」ブックマーカー
をプレゼント!
詳しくはノベルス付属の帯裏面を参照ください。

8月末日刊行ラインナップ

ルナ・シューター 1

著/林譲治　イラスト/西野幸治

本体900円+税

月面を舞台にした、人間と地球外文明のヒューマノイド・ラミアとの戦争の行方は…!? SF小説の旗手が満を持して登場。

帝国の双美姫 1

著/ひかわ玲子　イラスト/HACCAN

本体900円+税

美貌の皇女・アムディーラとサファリナは剣と魔法を駆使し、ハラーマ大陸の平安を得るため、大軍を率いて戦いに臨む。

魔女の戴冠 I

著/高瀬美恵　イラスト/中村龍徳

本体900円+税

名門女子魔法学校に通うキアラは、マフィアに殺された兄の復讐のため、禁断の黒魔術に手を染めようとするが…。

STOP!! ダークネス!

著/朝松健　イラスト/川添和佐

本体900円+税

女嫌いのマッチョな学者・神奈三四郎が3人の女悪魔に振り回されながらも、謎の黒魔術結社と対決!

天魔の羅刹兵　蒼月譚

著/高瀬彼方　イラスト/成庵

本体1,000円+税

1543年に日本に伝来した「種子島」は、巨大人型兵器だった!! 常識を根底から覆す、全く新しい戦国活劇がはじまる!

Calling《コーリング》 1

著/柏枝真郷　イラスト/春乃壱

本体900円+税

新人消防士の次郎は火事で出動した公園で、血まみれの男を発見する。元警官のレイと事件の真相を探るが…。

GENTOU FANTASIA NOVELS

新書判

9月末日刊行予定

女戦士エフェラ&ジリオラ 1	著/ひかわ玲子	イラスト/芳住和之
竜と宙《そら》	著/立原透耶	イラスト/甲壱
天魔の羅刹兵　紅獣譚	著/高瀬彼方	イラスト/成庵
スターダストサバイバー(仮)	著/高平鳴海	イラスト/(未定)
リカバイヤー・喪《うしな》われた女神(仮)	著/神野オキナ	イラスト/隅田かずあさ

帝国の双美姫「そうびき」―1

ひかわ玲子

PRINCESS OF
EMPIRE Volume one

REIKO HIKAWA

幻GENROU狼
FANTASIA
NOVELS

Illustration

HACCAN――HAKKAN

GENTOSHA COMICS

Contents

人物紹介

サファリナ

アムディーラと同じく皇女であり、〈帝国の双美姫〉。冷静な性格で、氷の美貌をもつ女性である。

アムディーラ

ハラーマ大陸を支配する皇国の皇女。男勝りな性格であり、〈帝国の双美姫〉と呼ばれている。

ルーク(グルク)

強大な魔力を持つ魔道士で、臆病で後ろ向きな性格。ゼラフィン皇子の護衛をする。

ゼラフィン

皇国の皇子。聡明で素直な性格。初めて戦場で戦うため、父親リゼク皇子の元に向かおうとする。

ディルフェカ

ケシャナ女侯爵の後継者。

オカレスク大帝

帝国の創設者。

アリステル

皇子の護衛をする魔道士。

ミリエル

皇子の護衛をする魔道士。

エルワン

魔道士を守る若い戦士。

フィリス

翼を使い、伝令をする魔道士。

ケシャナ女侯爵

レディ城の城主。

ボザーン将軍

皇女たちと前線で戦っている。

シェスル・エックブルト公爵

トートス・エックブルト公爵

ウルスラ皇妃

オカレスク大帝――聖皇子レイク

烈皇子リゼク

アムディーラ皇女

サファリナ皇女

ゼラフィン皇子

ミシャーラ皇女

ハラーマ略図

ハラーマにおける暦

十六カ月にて一年（太陰暦）

一月	火の陰月
二月	オリガの土の月
三月	水の陰月
四月	ゼルクの水の月
五月	風の陰月
六月	ゼルクの風の月
七月	土の陰月
八月	オリガの二の土の月
九月	オリガの風の月
十月	ゼルクの土の月
十一月	火の二の陰月
十二月	オリガの火の月
十三月	ゼルクの二の風の月
十四月	オリガの水の月
十五月	水の二の陰月
十六月	ゼルクの火の月

プロローグ

風が吹いていた。……強い風だ。

昼には空は晴れ渡り、一帯は穏やかな暖かい陽射しで包まれていたというのに、夕刻になるや、やにわに状況が変わった。

強い風に雲は流されていく……次第にその雲の群れはどす黒く染まり、濃い闇で大地を覆《おお》っていく。

今はまだ、時折、雲の切れ目から、双つの月、ゼルクとオリガの姿が覗《のぞ》き、その時だけ、ゼルクのオレンジ色の柔らかな優しい光とオリガの冴え冴えとした白銀の光を地上にもたらすが、やがてはあの黒い雲が夜空を覆い尽くせば、真闇が訪れることだろう。

「……来るわね」

僅《わず》かに雲が途切れ、双つの月の光がその砦《とりで》の城壁の上に射した時——ぽつりと娘は言った。

風はあまりに強く吹いていたから、普通の者ならそんな場所に立っていることもおぼつかないだろう。

実際、彼女の美しい長い髪は、ほぼ城壁の床とは水平に吹き流されていた。月の光の中に見える、青い青い美しい髪……まるで水の流れのように見える。

その青い髪を引き立てるような、青い色の甲冑《かっちゅう》で彼女はその全身を覆っていた。そして、両手には青い色の水晶の大剣を持って、それを床に突き立てて、立っている。体つきはほっそりとしていて、むしろ華奢《きゃしゃ》そうにも見えるくらいだが、強い風の中でもその体は微動だにしない。

「感じるのかい——サファリナ？」

その横には、もうひとつ、人影があった。雲の切れ目が刹那《せつな》、広がり、月の光がその隣にいる人物にも当たった。

彼女も、まだ若い娘だったが、青い髪の娘と同じように甲冑を身に纏《まと》っていた。全身、黒ずくめの甲冑で、すごく大柄な娘だった。

シルエットだけで見ると、たぶん、男と間違えかねない――だが、顔立ちに目を向ければまだすごく若い娘なのはわかる。とても整った顔立ちをしているので、着飾れば美しい娘になるだろう……ただ、格好が格好だけに、その姿では凜々《りり》しい、と表現したほうが的確だろうが、それでも若い女であることは見間違えようがない。

彼女の髪は長い黒髪で、だが、後ろで三つ編みに編まれていたので、青い髪の娘のように風に吹き流されてはいなかった。

彼女も青い髪の娘と同じように水晶の大剣を持っていたが、真紅《しんく》の色をしたその大剣は腰に吊り下げられていて、彼女はその柄《つか》に肘《ひじ》を乗せるようにして城壁の上で腕組みをしていた。

もちろん、風の中にあって、彼女も微動だもしないで佇《たたず》んでいる。

「ええ、アムディーラ――これは、〈魔〉だわ。魔の風よ……気配を感じるわ」

サファリナ、と呼ばれた青い髪の娘は、月の光の中で笑った。アムディーラ、という黒い髪の娘を振り返った時、その紫色の双眸《そうぼう》が、月光の中で、悪戯《いたずら》っぽく、きらり、と光った。

サファリナ皇女、彼女の、その美貌《びぼう》は、オカレスク大帝が率いる帝国軍の中で、氷の美貌、と呼ばれている。それは、その美貌を褒《ほ》めそやす言葉としてよりも、恐れの言葉として使われることのほうが多い。

サファリナ皇女は、滅多に笑わない。だが、サファリナ皇女がその口元に微笑みを浮かべた時には、大概、恐ろしいことが起こる――と。

「ふん、来やがるだろうとは思っていたが、案外、早く来やがったね。お祖父《じい》さまがよこす、とおっしゃっていた援軍は、来るとしても明後日の午後だろうし。つまりは今夜が山場ってことになるのかな？」

アムディーラ皇女は、口元をへの字に歪《ゆが》めると、組んでいた腕を解き、めんどくさそうにぽりぽりと頭を掻《か》いた。

「お祖父さまが援軍を下さる、と伝令を送ってきた時、援軍なんて必要ないのに、相変わらずお祖父さまは心配性だ、とか言っていたのは、あなたよ、アムディーラ？

たぶん、お祖父さまはこの事態を予測なさってておられたんでしょうね。援軍は必要になりそうよ、この分だと」

サファリナは風に靡《なび》く髪の一筋が顔にかかってきたのをうるさそうに払ってから、優雅な口調でのんびりと言った。

その時、月の光が翳《かげ》った。風が雲を吹き流し、またしても月をその厚い雲の層の下に隠したのだ。

「アムディーラ皇女殿下、サファリナ皇女殿下――」

その時、悲鳴をあげるような風の音に混じって、重い口調の野太い、年を経《へ》た男のものであろう声がして、そこに三番目の人の影が現れた。

アムディーラ皇女と同じくらいの上背がある、だが横幅はその二倍ほどもありそうながっしりとした甲冑姿の男の人影だが、その人影は、城壁の上に現れるなり、風に煽《あお》られたらしく、よろめいた。それを、アムディーラが右腕を伸ばして、支える。

「……来るな、と言ったろう、ボザーン将軍。なんでわたしらの命令が聞けない？」

不機嫌《ふきげん》な声で、アムディーラは言った。

長い顎鬚《あごひげ》を蓄えた老将は、その場に片膝《ひざ》をつくと、平伏《へいふく》した。

「は……しかし、どの将らもこの急の嵐に動揺しております。できれば、彼らにこの状況を知らせるためにも、お戻りいただければ――アムディーラさま、サファリナさま」

闇の中で、シルエットの形で、サファリナが肩をすくめたのがわかった。

「まぁ、これだけ魔の気配が強いと、動揺するな、というほうが無理よね。仕方ないわ。あいつらが来るのは、夜半よ。

……見たい？　ボザーン将軍？」

サファリナが、青い水晶剣を持ち上げたのが見えた。何故《なぜ》、見えたかといえば、その水晶剣が淡く青い色に光りだしたからだ。

青い水晶の輝きの中に、うっすらと微笑《ほほえ》んだサファリナ皇女の氷の美貌が浮かび上がる。紅い唇と——。

サファリナは、青い水晶の剣をゆっくりと頭上へと振り上げていった。

それはサファリナ皇女の持つ、伝説の剣——青きトムロークだ。

剣に宿る青い光が、闇を裂く。その光は、城壁の上に逆巻く風すらを裂くかのようで、一瞬、耳に聞こえていた耳障《みみざわ》りな風の音すらがやや静まったように思えた。

青い光は、剣そのものを強く光らせたと同時に、その切っ先からも光を迸《ほとばし》らせた。

青い、刃が発する光そのものの冷たく冴え冴えとした強い光——その光は闇に封じられた地上と空の雲の層までの空間を明るませ、ふたりの皇女と将軍が立つ堅固な砦の城壁の上をも明るませた。

アムディーラ皇女は不敵に笑っている。

この横で、強面《こわもて》の大きな将軍が片膝をついたまま、必死で顔を上げている。

青い光を迸らせながら、サファリナは青い水晶剣を、次第にどす黒い色に染まりつつある正面の地平線へと向けていく。

青い光が直進していき、そこにある闇を裂いていく。

城壁の前には広い平地があり、そこには今日までの戦いで命を落とした屍《しかばね》が累々《るいるい》と積み重なっている。もちろん、味方の人間たちのものもあれば、切り裂かれた異形《いぎょう》の化け物たちの骸《むくろ》もある。そして、その屍肉を貪《むさぼ》っていた獣《けもの》たちや魔物どもが光を嫌って素早く闇へと逃げ込んでいく姿が見える。

光にも逃げずに苦しげに蠢《うごめ》いているのは、〈聖化〉が間に合わずに戦場に放置され、死霊となって蘇《よみがえ》ってしまったことも自分で気がつかずにいる屍たちだろう。

夜のこの地には、ろくな輩《やから》は棲息《せいそく》していない。砦から一歩でも外に出れば、脆弱《ぜいじゃく》な人間はよほどの守りがない限りは、ただ、死ぬしかない。

青い光は闇を裂いて、その屍がただ一面に積み重なってなお散乱する広々とした平野を越えていく。

青い光の矢は、平地を這《は》うように進んでいき、やがて遥か彼方《かなた》へと飛んでいき——。


しばらくして。

地平線、闇の中に沈んでいた空と地上との境目に達すると、ぴかっ、と輝き、青い霧《きり》のような光を空へと巻き上げた。

その霧の中に、黒い軍勢の姿が見えた。雲霞《うんか》のごとくにこちらへと突き進んでくる不気味な闇の軍隊……魔物たちと、闇に心を売って闇の異形と化した人間たちと、古き神々を奉《ほう》じ、オカレスク大帝の勢力がこれ以上に広がることを好まない〈闇の諸侯たち〉とで編制された大軍勢だ。

くっく、と楽しそうにサファリナは笑った。

「これで、ここにわたしたち、オカレスク大帝の孫娘たる、わたし、サファリナと、あなた、アムディーラの、〈帝国の双美姫《そうびき》〉がいることはやつらにもわかったと思うわ。それで、あいつらは怯《ひる》むか、それともさらにいきり立つか——どっちだと思う、アムディーラ？」

アムディーラは闇の中からめんどくさそうに応えた。

「どっちでもいいよ。で、あいつらの中に、ロール・ミュレ公はいそうなのかい、サファリナ?」

剣を真正面に向かって構えたまま、しばらく、サファリナからの返事はなかった。が、ようやく、さらにひときわ強くなった風の音に混じって応えが返ってきた。

「……いるわね、そして」

不意に、地平線を照らしていた青い淡い光の領域が広がり、まるで夕暮れか朝焼けに茜《あかね》色の光が地平線を明るませるように、照らし出した。

そして、その青い光の中に、黒い闇の巨人の姿が浮かび上がった。

むくむくとその巨人の姿はさらに巨大化する。ふたりの皇女たちが立つ砦の城壁を睥睨《へいげい》しようとするかのように。

闇の巨人の頭部には、螺旋《らせん》状に尖《とが》った角が二本、立っている。

そして闇なのにそこには顔があり、額《ひたい》の部分にも、目がある。その赤い瞳が興味深そうに、こちらを睨《にら》んでいる。

「〈闇の大神ヴァイナーテ〉が怒っているわ――」

サファリナは、青い剣を掲げたまま、つぶやいた。笑いが籠《こ》もった声で。

「面白《おもしれ》ぇ――」

その横で、アムディーラは歯を軋《きし》ませた。彼女の籠手《こて》に覆われた腕が腰の剣へと伸び、彼女は赤い水晶剣をすらりと抜いた。大柄な彼女の身長に合わせた大剣で、おそらく、彼女以外には扱える者はあまりいないだろう。

その、真紅の色をした水晶の剣も、彼女が腰から抜くなり、赤く、炎のような光を放つ。そして、まるで啼《な》くかのように声をあげた。

「シムルシスも、吼《ほ》えたがっているよ、サファリナ――」

アムディーラは言った。

炎の水晶剣シムルシス。数多《あまた》の戦場で、アムディーラ皇女の周囲に屍の山を築いてきた、これも、伝説の水晶剣だ。

アムディーラは、その赤く輝く剣を、サファリナが掲げる青き剣に沿わせて、掲げた。

サファリナは前を見据《みす》えたまま、配下である将軍に命じた。

「皆に伝えなさい、ボザーン。勇んで戦え、と。お前たちは〈帝国の双美姫〉の麾下《きか》にあるのだから。わたくしたちふたりがいる限り、決して、我らはこの砦を闇の勢力に譲り渡したりはしない。我らに、後退はない。

我が祖父、オカレスク大帝の名において、我らにあるのは常に勝利のみ！　敗北はない。だから、戦え、と。

夜半にはやつらはこの砦に襲いかかってくる。けれど、誓って言うわ――朝が来るまでに、戦いを後悔するのは奴らのほう。

信じなさい、わたくしたちは決して負けないわ――」

すると大きな体を小さく震わせてから、将軍は頭を下げて、その言葉を受け、重々しく応えた。

「は――承知《しょうち》いたしました、アムディーラ皇女殿下、サファリナ皇女殿下」

そして、頭を下げると、彼は城壁へと昇るその階段を下りていった。ふたりの皇女の言葉を、砦に詰める麾下の将軍たちに、そして、風の音に怯《おび》えているであろう兵たちを奮《ふる》い立たせるために。夜半には到達するであろう、闇の神ヴァイナーテに守られし軍勢を迎え撃たねばならない。

我らにあるのは常に勝利のみ！　敗北はない。

その言葉を、将軍は信じた。

これまでも、その言葉を信じて、この闇の大陸を突き進んできたのだから。

　かつて、この地は、人々によって、ツィラーマ、と呼ばれていた。混沌《こんとん》の地、魔の地、という意味だ。その大地を、ハラーマ、『我らの地』、と呼ぶように、と命じたのは、オカレスク大帝だった。

　オカレスク大帝は命じた。

　戦え、と。

　魔を打ち払い、この地に跋扈《ばっこ》する魑魅魍魎《ちみもうりょう》を退治して、混沌と魔に味方する人間たちを従え、この地に人が安全に住める町を築き、人の領域を拡げるために。

　それから、まだ、僅かに二百年ほどの時しか経っていないが、オカレスク大帝の進軍により、人が住める土地は格段に増え、人間の数もおそらくは増えている。

　戦いはまだ熾烈《しれつ》を極めているが、それでも、オカレスク大帝に従う者たちは多く、そして、オカレスク大帝に従う者たちは誰もが信じていた。戦え！　そうすれば、この地は我らの地、ハラーマになる！

　だから、ボザーン将軍もまた、自分の娘ほどの若い女の外見を持つ、ふたりの美しい女将軍を、自分が従うべき者として、信じていた。

　何故なら、ふたりは、オカレスク大帝の直系の孫娘にあたり、魔を払うための無双の力と魔力を持っていたからだ。

　オカレスク大帝の下《もと》、彼が打ちたてようとしているムアール帝国の建設のために戦う兵士たちは、いつしか、彼女たちふたりのことをこう呼び交わしていた。

〈帝国の双美姫〉、と！

第一章

魔法使いの少年と皇子

1、光の大地

宮殿に着くまではまだ時間がかかるから、寝てしまってもいい、とアダク師に言われたのだが、馬車の窓から外を見ていると、あまりにどの風景も目新しいものばかりで、とても瞼《まぶた》を閉じる気に少年はなれなかった。

（……すごい――）

噂《うわさ》には聞いていた。けれど、その光景を目の前にしても、まだ信じられなかった。

こんなことがあり得《う》るだなんて！

晴れ渡った青い空の下に広がる、光に満ちた世界。見渡す限りに緑の樹木が広がっていて、のどかに鳥が飛び回り、そして、小鳥たちののんびりしたさえずりの声が聞こえてくる。

暖かい明るい陽射しが世界の隅々を照らしていて、馬車が通り過ぎていく山間の道の、山側の樹木には、花々が咲いていて、緑の中に色鮮やかな彩《いろど》りを見せている。それは、もう片側の崖《がけ》下の斜面においても同様だ。

谷間にある白い光る筋は、どうやら豊かな水量がある河川のようだ。その水際《みぎわ》に沿って野原が広がっていて、そこに家畜らしきものの群れがいるのが芥《け》子粒《しつぶ》ほどの大きさで見える。

水車らしき建物も見えるから、その辺りには人も住んでいるのかもしれない。人の姿は判別できないが。

そしてさらにその向こうには鬱蒼《うっそう》とした森が見え、そしてその上には青い空が広がっている。白いベールのような雲が浮かんでいる青い空が。

「本当に……信じられないや――」

少年は、ついに、心の中の言葉を口に出してしまった。

だって。

こんなにも豊かな風景があり得るだなんて！　そしてこの風景のどこにも、本当に微塵《みじん》も〝魔〟の気配がないのだ！

どこにも！　見渡す限り、どっこにも！　ただ、光だけが満ちていて、影はあっても、それは闇ではないのだ。そんなことがあるだなんて！

空のどこにも曇りはない。あるのは白い雲だけで、黒ずんだ闇の気配はない。

大気は、澄み切っている。胸に大きく吸い込んでも、まだ、信じられない。

人を焼くあの嫌な異臭も、疫病《えきびょう》を運ぶ、あの腐った匂いの風も、ここにはまるで縁がない。

なにより、緑はただ緑であり、花がただ花であることが信じられない。誰も、木の茎までを剝《は》ぎ取って飢《う》えを凌《しの》ごうとしない、花が咲いているのに、誰も僅かな蜜《みつ》を奪い合ったりしない――そんな世界があるだなんて！　それとも、この辺りの森はこんなのどかそうに見えて、すべて毒があるせいで、誰もこの樹木に手を出せない、というのだろうか？

いや……そんなことはないだろう。

それは、この大気の清浄さでわかる。

小さな少年は、大きな吐息《といき》をこぼした。

「どうした、〈小さな枝の葉《ルーク》〉。疲れているだろう？　寝なさい、と言ったのに。

あちらに着けば、すぐにも皇子殿下にお目通りを願う予定になっている。我らには時がないのだ。だから、今のうちに休んでおくように、と言っているのに」

横で、目を瞑《つぶ》っていたアダク師がその吐息を聞きつけて目を開き、厳しい表情で少年を睨んで、叱りつけた。

〈小さな枝の葉〉――ルーク、と呼ばれたまだ小さな少年は、その叱責《しっせき》に首をすくめた。

賢そうな顔をしているが、少年の体は、本当に小柄だった。

アダク師が体も大きく、戦士のようにがっしりとした体つきをしているので、なおさらに対比が目立つのだろうが、少年の背丈《せたけ》は、アダク師の半分しかなく、肩幅もとても小さく、手足はというと、そのように、あるいは栄養不足であるかのように、小枝のごとく細かった。〈小さな枝の葉〉という名前が体を表しているかの
とうもろこし色がかった、時折、光を浴びては金色に輝く髪は首の辺りまで伸ばしていて、その細すぎる首を申し訳なさそうに隠している。

薄茶色の瞳の色は淡く、その眼差《まなざ》しは落ち着きがなく臆病《おくびょう》そうで、でも、引き締められた口元や、よく相手の言うことを聞いている注意深い表情が、かろうじて、その少年に賢そうな印象を与えていた。

少年の足は、馬車の座席の上にあっても、床には届かず、空《くう》に浮かんでいた。窓枠《まどわく》も、少年の背丈には少し高すぎたけれど、身を乗り出して、外の景色を覗いていた。

「アダク師——それは、酷《こく》、というものですよ。このオカレスティに初めて来て、この風景を見ないで寝ろ、というのは。

あなたにとってはいまさら、でしょうけれど、ルークは違う」

向かい合わせになっている馬車の座席の、正面に座っているエルワンが、くすくすと笑いながら、とりなすようにそう、口を挟んできた。

エルワンは若い戦士で、かつてはアダク師に魔法を習っていた、ということもあると聞いた。腰には水晶剣を吊しているし、その剣によって魔法を使うこともできるというけれど——。

金色の甲冑を身に纏って、黒いマントを着ていた

その姿はなんとなく怖くて、いまだにルークは彼に慣れることができなかった。

何度も命を救ってくれたのだから、そう思うことはとても失礼なことだ、とわかっているのだけれど。

エルワンの青い瞳は、闇の中ではとても不気味に光るのだ。

そして、いつも笑って、魔を引き裂く。

――でも、そのエルワンも、このオカレスティの城壁を越え、光に満ちた世界に来てあらためてその姿を見ると、違った姿に見えていた。

その青い瞳は穏やかに見えるし、笑い顔も優しそうだ。

……そんなことがあり得るのかな、とルークは思った。

同じ人なのに、こんなに光に満ちた世界に来たら、人が変わって見えてしまう、なんて。

だったら――ぼくはどうなんだろう？　と。


アダク師に、寝なさい、と命じられたことはわかっていても、ルークは馬車の背に体を寄りかからせようとしたものの、どうしても目は未練げに窓の外へと向かってしまった。

こんな青い空は見たことがない。こんな白い雲も……。

光を宿して輝く瑞々《みずみず》しい木々の緑の色、微《かす》かに漂ってくる花の芳香《ほうこう》、闇に支配されていない森と黒く濁っていない川のせせらぎ――。

これはきっと夢だ。だって――こんな楽園が存在するなんて、あるわけがないもの……目を閉じたら、もう二度と見ることができないかもしれない、そう思うと、目を瞑るのが怖くて出来ない……！

そんなルークの気持ちを見て取ったようで、アダク師は小さく、ため息をついた。

そして、ルークへと身を寄せてくると、少年の小さな肩を優しく抱いた。

「まぁ、確かに。そなたにとってはこれは初めての風景だ、驚くのも無理はない。

どうだ、わたしの〈小さい枝の葉〉。この風景が、ここが……好きか？」

その問いに、ルークはすぐさま、うなずいた。

こんな場所に住むことができたら！

外の世界とは何もかもがあまりに違いすぎる。

オカレスティの城壁を見上げた時には、人が造ったとは信じられないような、そのあまりにも高くて堅牢《けんろう》な作りに恐ろしささえを感じたものだが、それが守っていたものがこれであるなら、なるほど、理解できる。

ここにこんな世界がある、と知れば、誰だって、なんとしてもあの壁を越えてみたい、と思うだろう。もちろん――人ひとりの力では、とても越えることなど不可能な壁だけれど。

でも、魔力がある者なら？

（ああ、でも――あそこは強い魔力にも守られていたもの……）

いつもは、一言、そんなふうに口を利《き》くのにも、小さな体からなけなしの勇気を振り絞らなければならないルークだったけれど、この光に満ちた世界が、少しばかり、ルークにも勇気を与えてくれたのかもしれない――ルークは、小さな声で、アダク師に尋《たず》ねた。

「アダクご師匠《ししょう》さま、あの……教えてください。オカレスク大帝は、どうして、ここのこのような世界を造ることができたのですか？　魔法ですか？　どんな種類の魔法を使えば、こんなことが出来るのですか？」

ルークは、魔法にかけては、とても真面目《まじめ》な修行者であり、研究者であり、優秀な弟子《でし》でもあった。読むことを許されているありとあらゆる書物には目を通していたし、その小さな脳に詰め込んでいる魔法についての知識は、アダク師にも時折褒《ほ》めてもらえるほどで、かなりの膨大《ぼうだい》な量になっていた。

けれど、そうして勉強してきた魔法の知識の中にも、こんなことをなし得るような種類の魔法はどこにもなかった。

だから、これが魔法であるなら、どういう種類のものであるのか、どうしても聞きたかったのだ。

すると、アダク師は答えた。ルークの頭を撫《な》でながら。

「ルーク。これは、魔法ではないよ。オカレスク大帝は、これは本来のこの大地の力だ、と我《われ》らに話される。もし、この地から我らが古き神々の力を追い出し、この地を〈我らの地〉、ハラーマとするなら、すべての土地はこのような光の力を取り戻す、とおおせられている。

そして、わたしもそれを信じる。目の前のこの大地を見れば、信じないわけにはいかないだろう？

そして、だから――あの方を信じ、協力することにしたのだ。

最初は、わたしも半信半疑だったが。

ここは、その最初の約束の地だ」

――本来の、大地の力？

ルークは、目を丸くした。

「本当に？　もし、古き神々を封じることができれば、どこにでも、こんな土地が現れるのですか、アダクご師匠さま？」

「どこにでも――というわけではないだろうがね。魔の力が強い地はあるものだ。だが、そうではない多くの地で、魔を打ち払えば、こうした人が住むのに適した土地を得ることができる、とオカレスク大帝は申される。

その言葉を我らは信じているわけだが――」

そこまで話したアダク師は、不意に、小さなルークの体を抱き上げ、ひょい、と自分の膝の上へと置いた。

膝の上に乗せられたことで座高が上がり、ルークは少し身を乗り出せば、窓の外の風景を見ることができるようになった。

眩《まぶ》しい、と窓の外を通り過ぎていく風景を見ながら、ルークは思って、思わず、目の上に手を翳した。

光に手を翳すと、手のひらが赤く光って見えることにルークは気がついた。

(……何でだろう?)

しばらくして、ルークは気付いた。たぶん、血の色だ——これは。光が肌を透《す》かして、指先にまで巡っている人の赤い血の色を映すから。だからだろう、と。

なんて不思議な、でも、生きていることを実感させてくれる赤い淡い光なんだろう——。

「前のほうをごらん、ルーク。その道の角を曲がれば、オカレスティの町と宮殿が見えてくるよ。最初に見る、その時の気持ちをしっかりと心に焼き付けておくといい。たぶん、これからお前が体験するさまざまな苦難の中で、そのことがお前の心を救うかもしれないから——」

アダク師はそう言って、ルークの後ろから馬車の窓の外へと半ば体を押し出すようにして、前方を指さした。

風が、ルークの頬を打った。でも、涼しくて気持ちがいい風だった。芳《かぐわ》しい香りが漂い、心を清めてくれるような風だった。

ルークは、風に負けないように目を見開いた。

馬車は、角へと差し掛かる。

まっすぐな崖の向こうへと馬車が回り込むと、その、アダク師が目に焼き付けろ、と言った景色は、すぐに目に飛び込んできた。

緑の森に半ば埋もれるようにして作られた、赤い煉瓦《れんが》と茶色の瓦《かわら》によって葺《ふ》かれた屋根の幾千もの建物の集合体、そして、さらにその背後に、巨木に守られ、燦然《さんぜん》と光に輝く伽藍《がらん》と塔が聳《そび》える、雲の上を仰ぎ見るようにして築かれた壮麗なる宮殿――！

（これ――神の宮……ではないの？――）

ルークは、とっさにそう思った。

人が、こんな宮殿を築けるものなのか？

こんな場所に。あんなにも美しい、光輝ける宮殿を？

ルークは、あまりにも唖然《あぜん》としてしまって、しばらく、自分の感情をどう整理したらいいのかわからなかった。いままで経験したことがない感情に混乱し、ただ、目を見開き、瞬《まばた》きをするのも忘れ、口をぽかんと開けて、その光景を見つめ続けた。

「――エルワン、急ぐ旅だが、ルークには必要なことじゃ、馬車をここで止めるように御者《ぎょしゃ》に言ってくれないか」

「了解《りょうかい》です、アダク師。――おい、止めろ」

アダク師とエルワンの、そんな会話もどこか夢見心地で、現実ではないように聞いていた。

すぐに馬車ががくん、と揺れて止まった。

「ルーク。少しの間だが――馬車から出なさい。もう少しするとまた、角を曲がって、この風景は見られなくなる。もっと近づけばまた見えてくるのだが、ここからの眺めが一番美しいからね」

アダク師がそう言って、馬車の扉《とびら》を開けて、下りるようにルークをうながした。

アダク師の膝の上から下ろされ、ルークは、ぴょん、と馬車から、轍《わだち》の刻まれた整備された山道へと飛び降りた。

目は、相変わらず、目の前の風景に釘付《くぎづ》けで、すぐ目の前に聳えて見える青い空と雲を背景にして光り輝く、美しい宮殿の伽藍を見上げている。

「これから、我らが目指す場所――オカレスク大帝が築き上げた、このムアール帝国の聖都、オカレスティの宮殿だよ、ルーク」

アダク師がルークの横に立ち、そう、教えてくれた。

ルークは、じっとそのオカレスティの姿をみつめつづけ、ようやく――心が目から入るそのさまざまな情報を呑み込み、驚嘆とともに現実を把握《はあく》してきたのを感じると、アダク師をちらり、と見て、尋ねた。

「アダクご師匠さま――これは、本当に人の技なのでしょうか。オカレスク大帝は、人なのですか？

――神ではなくて？」

つい、そう尋ねてしまった。そういう噂もあったからだ。オカレスク大帝は、人ではない。実は神なのだ、という……。

アダク師は眉をひそめた。口元を僅かに曲げ、そして、宮殿を見上げて、小さく、息を吐いて、言った。

「そなたの疑問ももっともだとは思う。確かに、かの方は、人よりは、神に似ている――と思うこともないわけではない。あの方は、発揮なさる魔法の力も凄《すさ》まじいからな。

だが、人……であろう。なにより、あの方ご本人が、自分でそうおおされるからな。わたしは人だ、神ではない、と。

いずれ、そなたもあの御方に直接、お目通りを許されることもあるかもしれない。その時、それはそなた自身で確かめなさい――かの方が、人であるか、神であるか」

「はい――アダクご師匠さま」

ルークは、神妙《しんみょう》に答えた。

そして、思わず、今度は、自分の頭上に広がる青い空を見上げた。

（広い――それに……深い――）

どこまでも視線を呑み込んで行ってしまう、青い、青い……高い空。

こんなに空は、見たことがない。

こんなに澄んだ、美しい、光に満ちた青空は。

……眩しい。

ついつい、手のひらを目に翳す。

けれど、こんな青い空は見たことがなかったから、勿体《もったい》なくて、空の青い色から目を離せないでいた。

その時。

青い空を見上げていた目が、何かを捉えた。

（え……人――？　鳥……？）

白い翼がはばたいているのが見える。そして、あれは――青い……。

（……あれは……服？）

ルークの前に、エルワンが飛びだしてきて、ルークの視界を遮《さえぎ》った。

「あれは、フィリスだぞ！」

ルークと同じように、目に手の甲を翳して、空を見上げている。

アダク師がルークを後ろから摑《つか》まえて、両肩へと手を置いてきた。何だろうと思って、ルークももう一度見上げると、何かがぐんぐんこちらへと近づいてくる……高い空から、降りてきてくるのが見える。

そう、まるで鳥のように。

背中の真っ白い翼を羽ばたかせて、その魔法使いの女性は、アダク師とエルワン、ルークの前に降りてきた。

道の上に、ふわり、と軽く着地するなり、背中にあった白い翼は、幻《まぼろし》だったかのように霧散《むさん》して、消えた。

赤茶けたダークへアーを肩の辺りで切り揃えた、青い服を着た若い女性だった。小柄で、顔も童顔だったから、まるで少女のように見えたけれど、ルークは気配から感じ取ったものは、その外見ほどに若いわけではない――。

そして、彼女はアダク師の前で、地面に片膝をついて挨拶をした。

「アダクさま、お姿をお見かけしましたので、懐かしくて、つい、下りてきてしまいましたわ、申し訳ございません。

お久しゅうございます、フィリスです。お見忘れでしょうか?」

すると、アダク師は、ルークの肩にかけた手にぐっと力を込めて、彼女へと応えた。

「忘れるものか。立ちなさい、フィリス、そなたも元気か? その様子だと、アムディーラ皇女、サファリナ皇女からの伝令《でんれい》を今も務めているようだな。

遠くから帰ってきたのだろう? ならば、ここまで来たので、我らの馬車に乗って、のんびりとオカレスティまでまいらぬか?」

アムディーラ皇女、サファリナ皇女——その名前は、ルークももちろん、よく知っていた。オカレスク大帝の、ふたりの孫娘たる女将軍、いつも祖父であるオカレスク大帝とともに、闇との戦《いくさ》の最前線で戦っていて、こちらには滅多に戻ってくることはないと聞く——。そう……〈帝国の双美姫〉だ。

顔を上げ、立ち上がりながら、魔法使いの娘はおどけた仕草で、軽く肩をすくめた。

「なんとか——元気ですわ。あのお二方の人使いの荒さは相変わらずで、いつも悲鳴をあげていますけれど。

でも、おかげでこうして時々、オカレスティに戻って来ることもできますし。

この光の大地の上空を飛んでいく醍醐味《だいごみ》は、何度、経験しても、飽《あ》きることはありませんわ。特に今日は本当にいい天気ですし。

お言葉に甘えたいのですが、一刻も早く、オカレスティに知らせなければならないことがありますので、ご挨拶だけしたらまた、飛んでいきます。

――エルワン、元気？」

フィリス、と呼ばれるその娘は、エルワンのほうにも笑って手を振った。エルワンもにこにこ笑って、それに応えた。

「息災《そくさい》だ。本当に久しぶりだな――二年ぶり、くらいか？」

「もっと、よ。だから、ちょっと顔を見たくなったの。

またね、エルワン。それじゃ、わたしは行くわ――」

そう言うなり、フィリスは道から谷間へと身を投げた。体が空中へと投げ出された瞬間に、ふたたび、彼女の背中には純白の翼が現れ、体を支えようと浮力を得るべく、力強く羽ばたいた。

ふわり、と風が彼女の体を受け止め、あっという間に遠くへとその体は飛び去って行った。

「いつもながらに羨ましいな……彼女の能力は。おれもあんなふうに飛べたら飛びたいもんだ」

エルワンが道から乗り出すようにして彼女を見送りながら、言った。

――ルークには、彼女の使った魔法がどんなものであるかはすぐにわかった。だから、エルワンと同じ感想にはならなかったけれど、でも、確かにあんなふうに飛べたら、気持ちがいいだろうな、とは思った。

「さぁ、我らも急いでないわけではない。行くぞ」

アダク師がそう言って、急《せ》かすように手を叩く。

「はい、アダク師。さぁ、行こう、ルーク」

エルワンに声を掛けられ、ルークは無言でうなずいた。

馬車に乗り込む時に、アダク師はルークに、こう、釘を刺すのも忘れなかった。

「ルーク、そなたもこれで満足したら、馬車に戻って、少し、休みなさい。そなたもオカレスティには遊びに行くのではない、そなたの務《つと》めがあって行くのだからな」

ルークは、首をすくめた。

「……はい、アダクご師匠さま」

――そう、遊びに行くわけではないのだ。

そして、オカレスティにこれから行くにしても、その滞在は短いものになるだろう。

ルークは、少し、不安を感じた。

（どんなところから来たんだろう、あの、フィリスというひとは――？）

アダク師に教えを受けた魔法使い、という意味では、ルークにとっては姉弟子にあたる人なのだろう、彼女は。

このオカレスティから遠く離れた、まだ古き神々が強い影響力を持っている戦いの最前線――アムディーラ皇女とサファリナ皇女がいるのは、ここから遥か西の果てであるはずだ。

『場合によっては、そなたは、そこに赴《おもむ》くことになる――』

このオカレスティに来る前に、ルークは告げられたのだ。そう、アダク師に――！

2、空の宮殿

「ふざけるなっ！　そのような子童《こわっぱ》が、一体、何の役に立つ！　わらわを、そしてわが皇子を愚弄《ぐろう》するか、そなたは？」

そのあまりの憤怒《ふんぬ》に満ちた鋭い声に心をまっすぐに突き刺され、ルークは思わず、アダク師の後ろにとっさに隠れ込んでしまった。もちろん、そんなことをしてはならない、とわかっていたのだけれど。

だって、あまりにも怖かったのだ。自分を貫《つらぬ》いたその貴婦人の眼差しが――！

アダク師は、慌《あわ》てず騒がず、視線はこちらを睨みつけてくるその怒りの視線を真っ向から受け止めたまま、そんなルークを自分の後ろからぐいと腕を摑《つか》んで引っ張り出し、背中をそっと押して、ふたたび、自分の前に出した。

「お言葉ですが――ウルスラ皇妃殿下、では、どのような者をゼラフィン皇子殿下の護衛としてお望みですか？

もちろん、大帝陛下は、皇子殿下のおんために精鋭兵団をおつけになります。けれど、外の世界が、どれほど屈強の戦士らを護衛につけたとしても、生やさしい場所ではないことは、妃殿下が他のどなたよりご存じのはず。そして、子供、と申されましたが、ゼラフィン皇子殿下の初陣《ういじん》に即して、この者をつけよ、との言葉は、なにより、大帝陛下自らの命があってのことです。

もちろん、魔法を使える者の中には、体も大きく、見るからに頼もしい外見を持つ者もおります、妃殿下。しかし、そのような者が、皇子殿下から一時《ひととき》も離れずに寝る間も分かたず、ぴったりと付き従うのにふさわしき者ですか？

この者ならば、皇子殿下の身の回りの世話もできます。もちろん、気が利かぬこともあるでしょうが、少なくとも、皇子とともに寝食《しんしょく》をともにしたとしても、皇子にとってはさほど心の負担にはならぬでしょう。そして、いざという時には、皇子殿下の影武《かげむ》者《しゃ》にもなれます」

ウルスラ妃の顔つきが、少し、変わった。さきほどまでの怒りも露《あらわ》な顔つきが緩《ゆる》み、考える顔になった。

「しかし――」

それでも、ウルスラ妃が反論しかけたのに、畳《たた》み掛けるようにアダク師は言葉を続けた。

「それにもうひとつ。この者は、まだとても年若く、幼く見えることと思いますし、ゼラフィン皇子殿下よりずいぶんと年下に見えることは存じておりますが、実のところ、この子は見かけ通りの者ではありません。この世界に生を享《う》けてからの時間も、皇子殿下よりは長いのです。

ウルスラ妃殿下にも、話には聞いておられると思います。強い魔力を持って生まれた者は、その成長もまた、通常の人よりは遅くなる、という話を。

——まさに、この子はそういう者なのです。

それだけ、大きな魔力を、この子は持っています。我らが育てた魔法使いの中でも、これほどの資質を持つ者は多くはありません。

この外見からすればお疑いになるのは無理もありませんが、大丈夫です……この者は、十分、ゼラフィン皇子殿下のお役に立ちます。それはこのわたくし、アダクが保証申し上げます」

そう言って、アダク師はルークの両肩を後ろから摑んで、ぐっ、とその手に力を入れた。

ルークは、といえば、そう言われても、実は、内心の心細さはここに来る前よりも一層、ひどいものになっていた。心臓がどきどきする。アダク師は出来る、とそう言ってくださるけれど、本当にぼくなんかで務まるのだろうか？

ウルスラ妃——オカレスク大帝の孫である世継ぎのリゼク皇子の正妃である美しき皇妃は、まだ疑いに満ちた目で、ルークを睨んでいた。

ルークはその激しい眼差しにびくびくしてしまって、ついつい、前を見ていなければならないのはわかっていても、目を逸らしてしまう。その怯えた様子はおそらく、皇妃のさらなる疑念を煽っているだろうことはわかっていても、ルークには自分の恐慌《きょうこう》をどうすることもできなかった。アダク師にそうして後ろからがっちりと押さえつけられていなかったら、一目散にこの場から回れ右して逃げたいくらいの心境だった。

噂以上に、美しい方だな、とは思った。

リゼク皇子が、このウルスラ妃を自分の妃《きさき》に迎えた経緯《けいい》については、オカレスク大帝によって治められているこのムアール帝国の臣民《しんみん》の間では広く喧伝《けんでん》されている。

エックブルト王国の王女であったウルスラ姫は、その父王との盟約《めいやく》により、十五歳になったら、闇の王グラヴィスに生《い》け贄《にえ》に捧《ささ》げられる約束がなされていたのだ。だが、烈皇子《れつおうじ》として名高いリゼク皇子は、十三歳だったウルスラ姫を見いだして、一目で恋に落ち、王国を闇の支配から解放して、彼女を得たのだ。ただし、その時の戦いの中で、彼女の父王は命を、母王妃は目の光を失った。

今は、ウルスラの兄であるトートスが父の跡を継いだが、彼はリゼク烈皇子の臣下となることを誓い、公爵《こうしゃく》としての地位を得て、このムアール帝国に仕《つか》えている。

そして、ウルスラ妃は、リゼク皇子に、ふたりの子を与えた。跡継ぎたるゼラフィン皇子、それにその妹姫たる、ミシャーラ皇女だ。

金色の眩《まばゆ》いような耀《かがや》きを放つ、波打つ美しい髪、白き肌の、美貌の皇妃、ウルスラ妃——だが、絶世の美女、と称《たた》えられるそのうら若き女性は、ルークの目には、あまり幸せそうには見えなかった。

リゼク皇子に闇から救われたとはいえ、皇妃の心は、その時の傷を今も心に抱えている……と、ルークはアダク師に教えてもらっていた。そして、その闇が残した傷痕が、ルークの目には、確かに、はっきりと見えていた。

この女性は、美しいけれど、心を病んでいる。

それがわかったから、ルークは怯えていたのだ。

さきほどまでのような火のような怒りはやや鎮《しず》まったものの、興奮した様子で息を乱し、胸を上下させてこちらをじっと睨んでくる、その女性の狂気を感じさせる眼差しは、ルークには怖かった。

「わかりました。なるほど——いざとなれば、皇子の影武者になれる、というのは、その子の大きな利点ですね。すると、その小さな子は、そうした場面になれば、皇子の身代わりとなり、身を挺《てい》してでも死ぬ覚悟もできている、ということですね？」

ウルスラ妃は尋ねてきた。

ルークは、体が震えて、答えられなかった。

「はい……妃殿下、問題はありません」

アダク師が、ルークの代わりに答えた。


この宮殿は、こんなに光に満ちているのに、とルークは思った。

渡り廊下《ろうか》の柱廊を歩きながら、ルークは柱廊の梁《はり》の向こうに見える蒼穹《そうきゅう》を見上げた。

青い空は、この宮殿ではさらに近くにあるように見える。

この宮殿が建てられている丘は人工的に作られたものだ——というけれど、緑に埋まった斜面に白い美しい建物が自然に調和して聳え、そして、見下ろせばところどころが雲のような霧に隠れている風景を見ると、ここは天上に作られた空の宮殿のようにルークには思えた。

何より、このオカレスティの、曇りの無い青い空に、ルークは惹かれた。

（このオカレスティが聖都、と呼ばれるのもわかるな、こんな空があるのは、この闇の大地では、ここだけだろうな……）

青い空が眩しくて、目を細めて見上げながら、ルークはそんなことを思った。

この都は、オカレスク大帝が、大切なひとり子《ご》であるレイク皇子のために建設した、と言われている。

この闇に満ちた世界から唯一の息子である皇子を

守るために、大帝はこの都を造らせた。自分は今も闇との戦いのために遥か辺境へと遠征していて、大帝ご自身は滅多にこの都に戻ってくることはないのだが、レイク皇子はこのオカレスティの宮殿の奥深くで、外の闇の世界を一度も見ることなく、大切に大切に育てられている、という。

……こんな青い空だけを見て育ち、一度も闇を見たことがないって、どんなふうなんだろう？

（想像もつかないや……）

ルークは思う。

そして、だからこそ、レイク皇子は、レイク聖皇《せいおう》子《じ》、と呼ばれている。

オカレスク大帝は、レイク聖皇子には剣を握ることも許さなかったが、レイク聖皇子の子として生まれたリゼク皇子、それにリゼク皇子の妹として生まれたふたりの皇女、アムディーラとサファリナには、自分とともに戦うことを命じ、そのように育てさせた。

でも、この青い空を知って、あの闇が支配する大地へと向かうのは、辛《つら》いんじゃないかな、とルークは思った。

ルークは、辛く感じていた。

この青い空の下にいつまでもいたい……でも、それはぼくに許されることではないんだ。

空に焦《こ》がれて、知らず、ルークは小さく、また、息を吐いた。

すると、アダク師がルークの肩へと手を回して、困ったように言った。

「本当に。

そなたが、この世で過ごしてきている年月と同じだけに、そなたの心も成長していればもっと良いのだがな、ルーク」

ルークは、恥じ入って、顔を赤くした。

「はい。……申し訳ございません、アダクご師匠さま」

しどろもどろに謝った。

師である彼には、心は偽《いつわ》れない。このオカレスティに連れてきてもらったことだけだって感謝すべきなのに、どうしてこんなことを考えてしまうのかな、とルークは自分の弱さがイヤで、歯を嚙《か》み締めた。

誰だって戦っている。力ある者は戦わなければならないのに――！

びくびくしてアダク師を見上げて、その表情を窺《うかが》うと、アダク師はルークの肩を優しく、ぽんぽん、と叩きながら、口元を苦笑で歪ませた。

「まぁ、仕方あるまい――そなたはそなただ。よいも悪いもない。

体という器《うつわ》は、その心に添ってのみ成長する。

実際のところ、むしろ、そなたの体は、心以上に頑張って成長している――と言ってよいのかもしれないしな。お前が、必死で大人になろうとしているのはわかるよ。無理をしなくてもいい。今のままでも、お前は本当に我らの役に立ってくれているよ、ルーク」

「……そうでしょうか」

ルークは、少し、落ち込み、またしてもため息をついた。

本当は、自分でもこの皆の足手纏いである自分がいやでたまらないのだ。どうして、ぼくの背はもっと早く伸びて、もっと大きくならないのだろう、と思う。

一緒に魔法の修行をしていた者の中には、すでに立派な髭を蓄えて、ルークを抱き上げられるほどの巨漢になっている者もいるのだ。それなのに、ぼくばかりはいつまでたってもちっぽけで――。

そして、体ばかりか、心も弱くて、こんな小さなことにも敏感に反応して、恐慌をきたしてしまう。

あんな美しい、楚々《そそ》とした貴婦人相手にもこんなにびくびくして怯んでいるようでは、我ながら大丈夫なのかな、と思う。どんなに魔法の知識があったとしても、強い魔が跋扈する外の世界に行った時に、こんな有様では、大切な皇子殿下をお守りすることができるのか——。

　皇子の母親であるウルスラ皇妃ならずとも、不安に思っても、そりゃあ無理ないよな、とルークは自分で自分につぶやいた。

「——ぼくで、務まるでしょうか、アダクご師匠さま……」

　消え入るような声で、ルークは泣きそうに言った。

　すると、アダク師はすぐさま、断言した。

「できる。いや——逆だ。お前にしか、できないのだよ、ルーク。我が〈賢き木の枝《グルク》〉よ」

〈賢き木の枝〉、ルークの、本当の名である、グルク、の名で呼ばれて、小さな少年はますます身を縮めてうつむいた。

　グルク。その名は、今は、少年には重荷だった。いつか、その名に見合うような偉大な魔法使いになれる日が来るのか……？

「はい……アダクご師匠さま」

　小さな声で、ルークは答えた。

　ふたたび、ぽんぽん、と宥《なだ》めるようにアダク師は肩を叩いてくれたけれど、背中にずっしり感じる重い感触は軽くなる気配がない。

「それでは、行くよ、ルーク。しばらく、お別れだ。そなたは、皇子殿下の許に置いて、わたしは去る。いずれ、また、会うだろう——たぶん、戦場でな」

　アダク師のその言葉に驚いて、ルークは顔を上げた。

　見上げる少年の瞳が、本当に潤んで、今にも泣きそうになっているのを見て、アダク師も辛い思いを顔に表した。

　だが、どうにもならない。この小さな少年にとってはそれは試練であるだろうけれど、それはこれから彼が会う若き皇子にとっても同じことだ。

戦わなければならないのだから――いずれは、どこかで誰もが試練を乗り越えなければならない。

「行こう、ルーク。急ぐぞ」

そう、アダク師は少年をもう一度、急かした。

そして、ルークは、アダク師に伴われて、その対面を果たした。

オカレスティの宮殿はどこもかしこも光に満ちていたし、その奥まった領域にある美しい宮は、この帝国を築いた大帝の曾孫《ひまご》に当たる皇子の住まいに相応《ふさわ》しき、とても豪奢で素晴らしい場所だった。

やはり、ここは人が住まう場所ではない――神々の住居なのだ、とルークは感じた。

さらにまた、ルークが対面した皇子もまた、その住居に相応しき者だった。

広い謁見《えっけん》の間の奥に、皇子の座があり、そこに皇子は座って、アダク師に連れられたルークを待ち受けていた。

「やぁ、きみが――母上から話を聞いていた、ひいお祖父さまがぼくのために遣わしてくださった魔法使い？

よろしく。ぼくがゼラフィンだよ」

そう言って、その利発そうなきれいな翠緑《すいりょく》の双眸を持つ若き皇子は、座から立ち上がり、段の下に立ったルークの脇まで降りてきてくれた。

そして絶世の美姫と名高い母妃ウルスラと同じ金色の髪とそっくりな顔立ちをしていたけれど、その表情は穏やかで、母妃の面《おもて》に見えた狂気の影は微塵《みじん》もなかった。

聡明そうで、さらにこのオカレスティの澄み切った青い空のように、素直で曲がったことのない性格が、その表情のすべてから窺えた。

このオカレスティの光に満ちた大気と空と緑の大

地が、こういう完璧《かんぺき》な円環を思わせるような人となりを持つ人間を作り出すのだろうか？　少なくとも、ルークは、外の世界では、このような少年には会ったことは一度もなかった。

ぽかんとしているルークの顔を覗き込み、ゼラフィン皇子、と名乗った背の高い少年は、ルークにさらに話しかけた。

「それで、ぼくはあなたをなんと呼べばいいのかな？」

それで、ルークは自分が名乗ってもいなければ、挨拶もしていないことに気がついた。

慌てて、ルークは頭を下げて、言葉につまりつつ、答えた。

「はい、ゼラフィン皇子殿下、お目にかかれて光栄です。

ぼくは――ぼくのことは、ルーク、と。ぼくの名前は、グルク、〈賢き木の枝〉と申しますが、皆はただ、ぼくのことは、〈小さな枝の葉〉……ルークと呼びますので」

「ルーク。それでいいの？　グルク、のほうがきみには相応しそうに思えるのに」

ゼラフィン皇子は、尋ね返してきた。

ルークは頭をぶんぶんと横に振った。

「じゃあ――ルーク」

ゼラフィン皇子の、白くて柔《やわ》らかい、しなやかな手が伸びてきて、ルークの手を握った。

その手の温かさにルークは驚いて、思わず、顔を上げた。すると、ゼラフィン皇子の緑色の瞳が、優しく、ルークを見つめていた。

ゼラフィン皇子は微笑みかけていた。

「これからは、ずっと一緒だね。ぼくは、外の世界を知らない。きみにいろいろと教えてもらうことになると思うから……よろしく頼むね、ルーク」

――それが、ルークと、ゼラフィン美皇子との、初めての出会いだった。

3、星が告げし物語

……眠れない。

ぱふっ、とふかふかしたおそらく羽根が詰まっているだろう枕《まくら》の上で頭を何十回目かの反転をさせ、ついにルークは目を瞑り続けて、なんとか眠りに入ろうとした自分のそれまでの努力を放棄《ほうき》することにした。

もちろん、本当は眠らなければならないことはわかっている。

疲れは、確実に体の節々《ふしぶし》にあった。

あれから、すぐさま馬車に飛び乗ってこのオカレスティを去ったアダク師に比べれば、こんな寝心地がいい、まるで雲の上に乗っているかのように思われる、空前絶後に上等な大きな寝台に寝かされているのに、それで眠れないなんて……馬鹿げている。

けれど、体のすべての細胞が興奮しているのがわかる。

夜になった。

ここの夜は、外の世界の夜とは違う――。闇が……明るい。いや、もちろん、闇は暗い……夜は暗いに決まっている。でも、邪悪《じゃあく》な気配がない闇、常に命の危険を感じつつ、警戒していなければならない夜が、ここにはない。ここでは、だから、闇は優しい――夜が、優しい。

(こんな夜があったなんて……!)

ルークは目を開き、寝台の上で上半身を起こした。

次第に目が闇に慣れてくる。群青《ぐんじょう》色の闇が静かに目の前にあり、部屋の中の情景を柔らかく包み込んでいる。

窓のほうへと目を向けると、月の光がそこには射していた。

　オレンジ色のゼルク月の光と、銀色のオリガ月の光が二重になって、きれいなモザイク状のタイル張りの床に月影を落としている。

　ルークは、その月光のベールに惹かれて、膝を抱えて、じっとみつめた。心が貪るようにその感動を消化していた。こんなにも月の光が美しい、と感じたことなんて、あっただろうか……？

　いつまでもみつめていたい――。

『……ルーク』

　不意に。

　呼ばれた、とルークは感じた。

（……誰？）

　しん、としている。ルークの名を呼んだ者など、誰もいない。でも、確かに呼ばれた、と感じた。

『――おいでよ』

　さらに。声が聞こえた。

　やっぱり。

　呼んでいる。

　はっとして、ルークは枕元に置いている自分の魔法書を摑むと、寝台から出て、窓際《まどぎわ》まで走って行った。

　月の光が眩しい、なんて感じたのも初めてだったけれど、ルークは窓から落ちる月明かりの中に立つと、月で明るい窓の外へと目を向け、下を見た。

　ルークが寝ているこの部屋は二階で、下には広い張り出しのポーチがある。白いタイル張りのポーチもまた、月光に照らされて、夜でもよく視界が開けていた。

　そして、そこに、こちらの窓をじっと見上げている人影があった。

「ゼラフィン皇子殿下――！」

　ルークは、つぶやいた。

　月の光に照らし出されているその人は、どう見ても昼間に謁見の間で引き合わされた、あの、金色の髪の高貴なる少年だった。

遠くだったし、夜で月明かりの下とはいえ暗かったけれど、それでも、間違えようがなかった。青っぽい色合いのマントを着ている。

ルークが立つ窓を見上げていた少年は、たぶん、窓辺に立つルークの姿を見つけたはずだ、と思う。

それから、ゆっくりとした歩調で、ポーチから歩き出し、宮殿の前に広がる庭園へと足を踏み出した。

その後ろ姿を見て、ルークは、ゼラフィン皇子が自分をその夜の散歩に誘い、呼んでいるように感じた。

しばし、迷ったけれど、ルークは胸元の魔法書をぎゅっ、と抱き締めると、窓枠の、水晶で出来た取っ手に手を掛けて、すぐにその窓を開いた。そして窓枠に足を掛けると、下のポーチまで飛び降りた。

……タイル貼りのポーチの床につま先が触れた時、裸足《はだし》で飛び出してきたことに気付いたけれど、まぁ、いいことにする。

庭のほうを見ると、すでに皇子は宮殿の前の、木立の繁みで作られたアーチの道を抜けて、その向こうへと出て行こうとしていた。

ルークは足早に、露《つゆ》に濡れた冷たい草の道へと裸足で踏み出した。

――暖かい夜だったから、足が露に濡れても、気持ち良いくらいだった。アーチを抜けていく時には、強い芳香が漂っていた。どうやら、アーチの繁みに咲いている白い花が放つ香りのようだった。……そういえば、この香りは、あの二階の寝室に寝ていた時に、微かに漂ってきていたような気がした。こんなに強い香りではなかったけれど。

たぶん、これはレムーラ、と名付けられている花じゃないかな、とルークは思った。七重の花弁を持つというオカレスク大帝のお気に入りの花――香りが強く、オカレスティの宮殿にはいつの季節にも開くように、よく世話をされている、という話は聞いたことがあったけれど、見たことはないから確信は持てなかった……。

アーチを抜けると、そこでルークは、足を止めた。

……止めようと思ったわけではない。でも、止まってしまったのだ。そこでルークを待ち受けていたのは――満天の星、だった。

ルークは、息を呑んだ。

ゼルクとオリガのふたつの月が出ているというのに、これほどの星が見える夜空があるだなんて……！

ここの夜がどうしてこれほどに明るく感じられるのか、わかる気がした。

確かに闇はある。太陽の光はないのだけれど……でも、この星々の光が、大地を照らしている。

夜空に散りばめられ、空を埋《う》めそうなほどに輝いている星々――！　星が、まるで光の河を作って空を飾っているかのようだ。なんという星々……！

そして、星には、昼間の太陽にはない力がある。星々が奏で、訴えてくるその力の波に、ルークの心は圧倒され、酔わされてしまったのだ。だから、足は自然に止まってしまった。

ルークは、魔法書を抱き締めて、目を瞑った。

（……力が――流れ込んでくる……）

体が、星々の世界へと舞い上がっていく。そう、夜の大空の――果てしない深淵《しんえん》へと……。

「ルーク――」

その時、呼び声が、ルークを大地へと引き戻した。

目を開くと、目の前の満天の星と、濡れた草地、それに……ゆるやかな丘陵《きゅうりょう》となった草地の上に仰向けに寝そべり、肘で上半身を浮かせて、こちらを見ているゼラフィン皇子の姿が見えた。

呼ばれている。そうだ、皇子に呼ばれて、ここに来たんだ、とルークは思い出した。

「ここにおいでよ、ルーク。寝そべって、星空を見上げると、気持ちいいよ。

うん――きみたち魔法使いにとっては、この星空は格別なものなんだ、ということは知っているよ。眠れないようだし、だったら、これをきみに見せてあげたい、と思ったんだ」

ゼラフィン皇子の声が聞こえてくる。

やはり――あの呼び声は、ゼラフィン皇子のものだったのか、とルークは思う。

オカレスク大帝は、稀代《きだい》の魔法使いでもあるという。ありとあらゆる魔道・魔術に大帝は通じていると。そして、皇帝の血筋の者たちも、やはり、大きな魔力を持って生まれてくる者が多い。

たとえば、サファリナ皇女が持つ魔力は、祖父である才カレスク大帝をして、この娘なら、わたしを越えるかもしれない、と言わしめたほどであるという。

ゼラフィン皇子がどのくらいの魔力を持つかはアダク師からは聞いていなかったけれど、やはり、この皇子も魔力を持つ人なんだ、とルークは認識した。

「ありがとうございます、ゼラフィン皇子」

ルークはそう、まずは礼を言った。

確かに、この星空は、魔法使いにとっては最高のプレゼントだろう。

疲れも、何もかもが、星々が発する力の波に呼応《こおう》して、吹き飛ばされたように感じられた。

おいで、というように、ゼラフィン皇子は自分の横の草地を軽く叩き、そして、完全に半身を起こして、そこで座る姿勢になった。

それで、皇子の横に座るのには少し、ためらいがあったけれど、ひょこん、と頭を下げてから、ルークはそこに座り込んだ。

「……きみが抱え込んでいるその書物は、何？　きみの魔法書？」

皇子は、ルークの胸元を覗き込んできて、尋ねた。

夜の闇に紛《まぎ》れて、ルークは頬を赤く染め、恥ずかしそうに小さな声で答えた。

「ええ、そうです。――こんなものに頼っていてはいけない、というのは自分でもわかっているんですけれど」

　実戦では、いちいち、魔法書など読みあげているヒマはない。この魔法書に書いてあることは全部、頭の中に入っているし、魔法書自体には何の力もないのだから、こんな本を持っていても何の役にも立たないのだけれど、これはルークにとってはお守りのようなものなのだ。

　魔法書は、特に経験の浅い魔法使いはたいてい、自分のものを持っている。けれど、経験を積んできた魔法使いにはあまり必要がないものだから、それをいつも抱え込んでいることについては、アダク師からも、『いつになったら、それを手放せるようになるのかな、ルーク？』と言われて、仲間からはからかいの種になっているのだけれど……。

　皇子は、たぶん、そんな事情は知らないだろうから、ルークの自嘲《じちょう》に満ちた返事に、戸惑《とまど》ったように首を少し、傾《かし》げた。

　そして、笑って、言った。

「とにかく、きみがとても優秀な魔法使いだ、ということは、フィリスからも聞いたよ。きみはすごく特別な魔法使い、なんだって？」

　フィリス？　ルークは、このオカレスティに入る前、白い翼を閃《ひらめ》かせてアダク師に挨拶に来た女性の魔法使いの名前を思い出した。アムディーラ皇女とサファリナ皇女の伝令だ、と言っていて、エルワンとは知り合いみたいだったけれど――。

「フィリスも、ここで、皇子殿下にお目通りしたのですね――」

　ルークがようやく顔を上げたので、ゼラフィンはちょっと安心したように微笑んだ。

「ああ、いつも、叔母上《おばうえ》たちからの伝言を持ってきてくれるからね。

きみは、魔法使いたちの中でも、話題になっている人なんだってね。ぼくのひいお祖父さま、オカレスク大帝が、特別に目をかけて、予言を投げた魔法使いとして。

……ホント？」

「はい」

ルークは、うなずいた。つい、また、顔がうつむいてきてしまう。その予言は、ルークにとってはあまりに重い予言だったからだ。

「どんな予言なの？」

案《あん》の定《じょう》、皇子は尋ねてきた。

「それは、誰にも話してはいけないことになっています」

ルークがそう答えると、驚いたように聞き返してきた。

「……ぼくにでも？」

別に、皇子としてのプライドにかけて、というわけでもなく、ただ、本当に驚いた、というように聞き返してきた。たぶん、皇子という立場で、いままで聞いてきた中で答えが素直に返ってこなかったことなど、一度としてないのだろう。

ルークは、うなずいた。

この予言は、話せない。彼が……オカレスク大帝の直系の皇子だからこそ。

そして、そのことを意識するとともに、ますます重荷が増すのを感じる。アダク師も、誰もが、予言が、ひとつの意味しか持たない、と思うのは間違いだ、と言う。大帝陛下はとても気紛《きまぐ》れで、人を惑わせるのを好む。だから、その言葉はいつも、通常に人が受け取る意味とは逆の意味を持つことが多いそうだ。

それにしたって——気にするな、と言うほうが、無理だ。

そして、こうして、ルークにはゼラフィン皇子を守る、という任務につかされることになったのだから。

「ふうん……まぁ、いいや。フィリスは、アダク師と一緒にきみが来るのを見かけた、と話してくれたよ。きみの姿を側《そば》から見たくて、わざわざ地上に降りて、アダク師に挨拶したんだって言っていた」

――あれは、そういう意味だったのか、とルークは思った。好奇の目で見られることはいままでにもよくあることだったけれど……それでも、なかなかそれに慣れることはできない。

不意に、ゼラフィン皇子の手が、ルークの前に差し出されていた。

ルークは、その手を見て戸惑い、訝《いぶか》しく思って、皇子の顔を見上げた。すると、ゼラフィン皇子は言った。

「これからよろしく。仲良くしよう、ルーク。フィリスが教えてくれた。きみは外見は年下のように見えるけれど、ほんとはずっとぼくより年上なんだろう？

これからは、たぶん、ずっと一緒に旅をすることになって、いろいろと世話になると思うけれど――本当に、よろしく頼む。

ぼくも、実はかなり興奮しているんだ。だって、ぼくは生まれた時からずっとこのオカレスティにいて、初めてなんだよ……外の世界を見るのは」

外の世界を知って、この方はどう思われるだろう？　ルークは、少し、心配になった。こんな楽園で生まれてからずっと過ごしてきた人にとって、外の世界はどんなふうに見えるんだろうか？

痛みが、ルークの胸の奥を刺したけれど。

でも、それはルークにどうにかなる問題ではなかった。だって、それが――現実なのだから。

ゼラフィン皇子の手が、自分と握手をするために出されているのだ、とようやく覚《さと》って、ルークは自分の手をおずおずと出して、その手に触れた。すると、力強く、皇子に手を握られた。

なんで、この方の手はこんなに温かいんだろう、とルークは思った。同時に……どうしてぼくの手はこんなに冷たいのだろう、と。

ゼラフィン皇子は、ルークの手を離すと、青いマントを肩に引き寄せ、またしても、露に濡れた草の上にごろん、と寝転がった。

星空を見上げる。

ルークもその横に座って、星空を見上げた。

ほぉ、と知らず、またしても、感嘆の息が漏れる。

なんという星々……なんという——星空なんだ、と思う。

ルークが持つ〈星見の能力〉はまだ弱いものだったけれど、それでも、ルークはその星空にさまざまな未来の予兆や運命を見てとることができた。

オカレスク大帝の星は、すぐにわかった。あまりにも強く輝く星だから。

そして、あれは——リゼク皇子の星、アムディーラ皇女と、サファリナ皇女の星だろう。勇ましく、ただ、南西の方角へと向かっている。その先にはあまりにも多くの暗黒星が待ち受けているけれど——。

ルークは、ゼラフィン皇子の星もみつけた。明るく輝く緑色の星だ。たぶん、皇子の、あの緑色の双眸は、この人の性質も表しているのだろうな、とルークは考えた。穏和で温かく、優しい性格だ……優しすぎるくらいに。

ゼラフィン皇子の星の近くには、強い影響力があるウルスラ皇妃の星も輝いている。それにたぶん、あのはかなげな光を宿しているのは……ゼラフィン皇子の妹姫の、ミシャーラ皇女殿下のものだろう。汚《けが》れなき金色の光の、小さな星——。

少し離れた場所に、超然と輝くレイク皇子の星もある。

そして……ルークは、自分の星も、ゼラフィン皇子の星の近くにあるのを見て取った。ふたつの星は、接近している——。

「……〈星見〉をしている？」

ゼラフィン皇子が、尋ねてきた。

「はい。皇子殿下」

ルークは、静かに答えた。

「視《み》える？　……ぼくたちの未来が？」

「……いいえ。わたしの星を見る力はそれほど強くありませんから。

ゼラフィン皇子殿下は、星を見る力をお持ちですか？」

ゼラフィン皇子は、首を振った。

「感じることはできるけれどね。たまに……星が、語りかけてきているな、と感じることはあるけれど、読み解くことまではできない。

ああ……でも、うん。今も、感じる……！」

星々を見上げていた皇子は、眼を細めると、夜空の星々を掬《すく》い取ろうとするように、手を広げて、星の海へとその手を伸ばした。

その手で、未来を摑まえようとするように。

ルークは、自分よりは大きな少年の体をしていても、皇子もまた、自分以上にこれからの旅に大きな不安を抱いているのだろうと感じた。

皇子は、まだ十五歳だ。そもそも、大帝にしても、帝国軍のどの将たちも、皇子が、闇との戦いの前線に赴き、戦うのには、まだ幼い、と考えていた。

父親のリゼク皇子は、確かに、オカレスク大帝の意向に従い、まだ少年の頃から、常に戦場で祖父の傍《かたわ》らで剣を取って戦い、戦場で成長した。アムディーラ皇女、サファリナ皇女にしても、少女の頃からそのように育てられた。

けれど、レイク聖皇子と性格が似ている、と考えられていたゼラフィン皇子については、オカレスク大帝は特に育て方の指示はしなかった。ゼラフィン皇子はこのオカレスティで大切に育てられていたし、レイク皇子と同じように、大帝には彼を外の世界に出す考えすらないのでは、と思われていた。

だが、それをよし、としなかったのは、ウルスラ皇妃だった。

闇との戦いで父を失い、母を傷つけられ、今も闇の侵食《しんしょく》と汚染に苦しむ祖国を持つ彼女は、自分の息子が、父であるリゼク皇子が戦う戦場に加わる覇気《はき》を持たぬことに我慢がならなかったのだ。

そして、そうした母親の気持ちを酌《く》み、ゼラフィン皇子もまた、自ら戦場へ赴くことを希望した。

だから――この少年は行くのだ。この美しき光の楽園をあとにして、闇が、邪悪が人々を苦しめている我らの大地、ハラーマへと。

この、花の芳しい香り漂う、月の光と星々に守られて、夜すらが穏やかなこのオカレスティの丘陵で、いつまでも過ごすことができれば、どれほどに幸せだろうか。ルークは思った。

こんな静かな夜、こんなにも星々が美しい夜は、ルークはこれまで、一度として体験したことがなかった。

この時が永遠であればいいのに。星の河を前にして、ゼルク月のオレンジ色の光とオリガ月の銀色の光に照らされて、ルークは夢見るように、そう思った。

ルークもまた、幼い頃から、戦うように育てられていた。そのために、ずっと〈魔法〉を学び続けてきた。ありとあらゆる魔法書を読み、ありとあらゆる呪文《じゅもん》を頭に刻み。そう、闇と戦うために。

そして、ルークに与えられた、これは最初の重大な務めだった。オカレスク大帝の血を引くもっとも

若い皇子に付き従い、彼を守って、戦場へと赴くこと――それが。

眩しげにゼラフィン皇子は星々をみつめ、それから、ルークを見上げた。

微笑んで、彼は言った。

「ぼくたちの物語が――始まるね、ルーク」

ルークは、こくり、とうなずいた。

「はい……殿下」

それは確かなことだった。星々も告げていた。

物語が始まる。

「ぼくは、強くならなければならない。でも、それにはいろんな助けが要《い》る。

ルーク、きみの力も必要なんだ……」

ゼラフィン皇子の言葉に、もう一度、ルークは今度は強く、うなずいた。

「はい、殿下。このわたしで……お力になれることがありますなら。そのために、ここにまいりました」

ぼくは、ぼくの魔法で、全力でお守りしなければならない。この年若いオカレスク大帝の曾孫である若い皇子を。

4、若き皇子の出立

「ゼラフィン、我が皇子――強き者となり、大帝陛下の偉業をお助けできる真の勇者となりなさい。

この剣を、そなたに託します。大帝陛下が、そなたのために贈られた水晶剣です」

ウルスラ皇妃は、甲冑に身を固め、いましもオカレスティの宮殿を発《た》とうとするゼラフィン皇子へと、その翠緑《すいりょく》の水晶剣を与えた。

水晶は、この大陸で使用される、もっとも堅い鉱物だ。それを剣として磨くことはとても高度な技術が必要なので、鉄の剣を使う者も多い。だが、高貴な者や、騎馬戦士の多くは、水晶剣を使った。

水晶剣ならば、まず、折れたり、刃こぼれをしたりすることがない。その上に、魔力を宿すことも可能だ。魔を斬り裂くには、水晶剣は必需品でもあった。

母から水晶剣を渡されたゼラフィン皇子は、その透明の美しい刃をじっと見つめた。外の世界に出れば、すぐさま、身を守るために必要になるだろう、剣だ。

けれど、今はまだ、優しげな風貌をしたその少年の手には、その水晶剣はしっくりと馴染んではいないようだった。

「ありがとうございます、母上。必ず、大帝陛下のお役に立つように、そして、父上や叔母上たちに、頼りになる者、と言ってもらえるように、頑張ってきます」

ゼラフィン皇子は、答えた。


ウルスラ皇妃の横には、泣きそうな顔をした、幼い姫君がいた。

薄い金色の髪に兄と同じ緑色の瞳をした、やせっぽちの少女――ミシャーラ皇女だ。

母から与えられた水晶剣を腰の剣帯に佩《は》き、それから、ゼラフィン皇子は、妹のミシャーラ皇女を見た。

「ミシャーラ、それではね。元気で。

ぼくがいなくなっても、泣き暮らしてはいけないよ、ミシャーラ。ぼくは、きみとお母さまを守り、闇に苦しめられている民《たみ》たちに土地を与えるために行くのだから。

人の版図《はんと》は、もっと拡げなければならない。父上がなさっている事業を、ぼくは息子として引き継がなければならない。だから、ぼくは行くんだ。

わかったね、ミシャーラ」

ゼラフィン皇子の言葉に、ミシャーラはこくん、とうなずいたけれど、その両眼は見る間に涙で曇ってしまった。

「お兄さま……はい、お兄さま、わかっています。お兄さまが行かなければならないのですね。

でも、ミシャーラ──寂しいわ、兄さま。兄さまがいらっしゃらなくなったら……」

そう言って、ミシャーラ皇女はゼラフィン皇子の首にしがみつくようにして抱きついた。

ミシャーラ皇女は、あまりに幼かった。七歳年下のミシャーラ皇女は、まだ、八歳だ。いくら説明され、因果《いんが》を含められても、それがわかるような年頃ではない。

「ミシャーラ。ずっといなくなるわけではないよ。いずれは、帰ってくることもある。だから、それまで、待っておいで」

ゼラフィン皇子はそう言ったけれど、リゼク皇子にしても、アムディーラ皇女、サファリナ皇女にしても、それに何よりこのオカレスティを建設したオカレスク大帝にしても、この聖都に戻ってくることは、滅多にない。

ミシャーラ皇女は、父親であるリゼク皇子とは、物心がついて以来、一度も、会ったことすらないという。

「次にお前に会う時には、もう、お前は大きくなっていて、立派な姫君になってるんだろうな。ミシャーラ、泣かないで。笑顔を見せておくれ。お前の笑顔を覚えておきたいから。お前の笑顔でぼくを見送って欲しいんだ。

ね、ミシャーラ？」

ゼラフィン皇子は、優しく、妹を宥めた。

兄に促されて、ミシャーラ皇女は唇を噛み締め、しゃくりあげると、それでも必死で努力して涙を飲み込み、兄に向かって笑いかけた。

泣き笑いの顔であって、幼い姫君のその表情は愛らしく、ゼラフィン皇子は口元に微笑みを浮かべて、うなずきかけた。

「元気でね、ミシャーラ。愛している。兄さまは、お前を誰よりもいつもいつも愛しているよ」

そう言って、ゼラフィン皇子は、ミシャーラ皇女の額に、優しく、キスをした。

それから、身を引くと、母と妹に一礼して。そして、踵《きびす》を返した。

「行くぞ。ルーク――」

ゼラフィン皇子にうながされ、ルークは慌てて、ウルスラ皇妃とミシャーラ皇女に礼をすると、ゼラフィン皇子に従い、そのあとを追った。

足早に、大股《おおまた》に歩いていくゼラフィン皇子についていくのは、大変だった。これからは、でも、それにも慣れなければならない。これからの旅路、ルークは一時も、それこそ、寝る時までもぴったりとゼラフィン皇子に影のように付き従い、皇子を守らなければならないのだから。

オカレスティの宮殿の前には、ゼラフィン皇子のために大帝陛下から差し向けられた二百騎の重騎士からなる精鋭の部隊が待機していた。その部隊を率いるのは、カルニアト・ウルドラムという名の将軍で、オカレスク大帝の遠征に何度も付き従っている老将だった。

ゼラフィン皇子とルークのために用意された馬は、鋭い牙《きば》を持つ、よく訓練されてはいても、かなり気は荒そうな大きな馬だった。

ルークは、馬に乗る訓練はもちろん受けていたが、これほどの旅を馬に乗って移動するのは初めてのことだった。

馬と、気性が合うといいな、と思ったけれど、ゼラフィン皇子に続いて、その背に乗ってみると……少なくとも、ルークの小さな体を侮《あなど》って、振り落とそう、と思うような性悪《しょうわる》なところはなさそうだったので、ちょっと安心した。

その日も、オカレスティの宮殿の上には、青く澄み切った空があった。光に満ちた青い空が。

若き皇子の出発を祝福するように、その空に鮮やかな翼を持つ鳥たちの群れが遥か空の彼方をよぎっていく——。

時間を無駄にすることなく、皇子が馬上の人となるなり、部隊は移動を始めた。号令がかけられ、先頭の騎馬戦士から順番に、帝国軍の部隊は前進を始める。

宮殿のバルコニーまで、ウルスラ皇妃とミシャーラ皇女が見送りに出てきていた。そちらへと、ゼラフィン皇子は手を振った。

ゼラフィン皇子とともに、ルークも馬を進ませた。このオカレスティをあとにして、この地から去るのは、ここが故郷ではないルークにとっても辛いことだった。

ましてや。この美しい地で育ったゼラフィン皇子にとっては、どれほどの想いだろうか。ルークは、それを思うと、自分の心もまた、痛むのを感じた。

第二章

闇に染められし者

1、沼の死霊

「……フィリスみたいに、あんなふうに空を飛べたらなぁ、と思うよ。

そうすれば、こんなふうに地面を這うように進まなくてすむ。白い翼で飛んで、叔母上たちの軍営までひとっ飛びだ。

ルーク、きみもあれくらいは簡単にできるの？」

ゼラフィン皇子に尋ねられて、ルークは笑って、答えた。

「いえ……ぼくも、飛べたら気持ちがいいだろう、と思うのですが、ぼくはやってはいけない、と禁じられています。あれは、古き神の魔法なので」

「フィリスは、やってもいいの？」

「大きな危険を冒《おか》しています。フィリスは、古き神を己《おの》が身の内に引き入れることで、あの白い翼を得ていますので。でも、古き神との契約《けいやく》は不安定なので、常に気をつけていないと、魂《たましい》を食い破られて、乗っ取られることがいつあるとも限りません。

フィリスが引き入れているあの白き翼の主は、幸《さいわ》いなことにフィリスとは相性が良くて、それほどフィリスに害を為《な》さないことはわかっているけれど、無害だ、ということはありえません」

「ふうん。でも――フィリスはそんな危険を冒しているのに、何故、彼女ならよくて、きみはダメなの、ルーク？」

「フィリスは、あの翼を持つことで、伝令としての職務に徹しています。でも、ぼくは役割が違うので……」

「なるほど。ぼくの身辺《しんぺん》にいるから、ぼくを危険に巻き込む可能性があるから、できないんだね、ルークは」

……そういうことです、とまで答える必要がなかったので、そこで、ルークは黙った。

街道を進んでいる。

オカレスティを出立《しゅったつ》したのは、ゼルクの風の月で、今はそれから一月半が経って、オリガの二の土の月になっている。

これまでの旅は、オカレスティからは出たといっても、ムアール帝国の心臓部であるオカレスティの領域にあったわけだから、それなりに治安も良く、闇の支配は、ほぼ、退《しりぞ》けられていた。

それでも、オカレスティの、あの光に満ちた大地に慣れたゼラフィン皇子には、いろいろな驚きがあったかもしれないが、そんなことは、闇の支配の影響を受けた地に比べれば、危険など無いに等しい、ほぼ安心、というレベルだった。

人々は落ち着いて暮らしているし、平和で、何もかもが穏やかだったが、この、二、三日から、様相が変わってきている。

そう——帝国の、外縁部へと次第に近づいてきたのだ。

ゼラフィン皇子もようやく気付いてきたようだが、それは、昼日中《ひるひなか》にも、この街道の両脇に、時折、ぼんやりとした人の姿が見えることでわかる。

オカレスク大帝の軍が進んでいけば、沿道《えんどう》の民らは、たいがい、道ばたに平伏したり、手を振って歓声をあげたり、さまざまな形で敬意を示す。ましてや、オカレスク大帝の正統の皇子が通りかかる、などというのは、彼らにとってはあり得ないような栄誉であるわけだが——。

そうした者たちは軍勢が横を通り過ぎても、ぼんやりと佇んでいたり、うずくまっていたりして、微動だにしない。

虚《うつ》ろな目で、空を見上げていたりする。

道が狭くなり、進行する兵士がその者らとぶつかる時に、彼らの正体がわかる。その体には実体がなく、突き抜けてしまうからだ。

彼らは、死霊たちだ。

光の守りが薄いこの地域では、昼日中の陽光の中でも、葬《ほうむ》られず、この世に未練を残した霊たちがそんなふうに容易《ようい》に姿を見せる。

中には、死んだ時の状況そのままに、頭が半分、ばっさりと斬り落とされて脳みそが見えていたりする、体のあちこちが切り刻まれている姿をしている、生者《しょうじゃ》とは見間違いようがない死霊たちもいるが、大概の死霊たちは、生前の、自分たちの記憶している姿で彷徨《さまよ》っている。

そして、昼日中だからこそ、そうしてぼんやりと、いるのかいないのかわからないような姿を晒《さら》しているだけだが。そうした死霊たちは、夜ともなれば、もっと強い負《ふ》の力を持ち、生きる者を自分の世界へと引きずり込もうとする——。

ゼラフィン皇子が「飛んでいきたい」、などと言い始めたのは、こうした光景を気味が悪く感じ始めているせいだろう。でも、やがて、こんなのはほんの序の口だ、と知ることになるのを、ルークは知っている。

ルークが生まれたのは、もっとずっと闇が深い地域だった。オカレスク大帝がルークが生まれた地に現れたのは、まだルークが幼い頃で——。そして、大帝陛下に助けられなかったら、ルークは死んでいた……両親と一緒に。だから、大帝陛下は、ルークにとっては命の恩人でもある。

「この辺りは、もう、ひいお祖父さまが帝国の版図にしている地域なのだろう、ルーク？　それなのに、どうして——まだ、こんなふうになんだ？」

ゼラフィンは、今も皇子に向かって意味不明の動きをした死霊を足で蹴散らしながら、不機嫌そうに尋ねてきた。

「もちろん、人が住んでいる村や畑、家々などは、すべて囲いを作り、魔が入って来れないように、護符《ごふ》で守り、聖化して、ちゃんと闇や魔からは臣民たちを守っています、皇子殿下。

　ただ、街道のすべてに手に入れるのには、まだ、時が必要なのです。一応、この道も、魔術師たちによって、聖化はされている。でも、十分ではない。どうしたって、まだまだ闇の影響は残っているし、戦いがあれば、人は十分に弔われずに死にます。そうするとこうした死霊たちが出てくるわけですけれど、それをいちいち聖化して回っていてはいたちごっこで、他のことが何もできなくなってしまうんです。

　こうした死霊たちは、それほど害がないから、処理は後回しにされてしまう――」

　ルークは説明した。

「なるほどね……。街道は今も建設中だと聞くしね」

　ゼラフィン皇子はうなずく。

「ええ。それに、こうして道がある場所は……まだ、マシなんですよ」

　この一月半で、ルークは、このゼラフィン皇子という少年の人柄には、ずいぶん、慣れてきていた。なにしろ、旅の間中、ずっと寝食をともにしているのだから、どうしたって関係は深まっていく。

　ゼラフィン皇子は親しみやすい人柄で、ルークにしても、接していて、あまり気を遣わないですむ相手だ、というのがすぐにわかった。

　ルークのほうが外見はずっと年下でも、本当は年上で、知識も深い、という関係を、ゼラフィン皇子はすぐに受け入れてくれた。それは、どうやら、オカレスティの宮殿での、彼の祖父であるレイク聖皇子との関係もあったせいらしい。

「最初にお祖父さまにお会いした時、ぼくは、まさかそれがぼくの祖父だなんて思わなかったんだよ。

だってさ。ぼくは、妹のミシャーラが生まれた時に、父であるリゼク皇子とは会ったことがあるわけだけれど、父上は髭を蓄えたいかつい大男だったんだ――父上より遥かに年下に見える、優しいお兄さんにしか見えない人が、父上の父上――ぼくの祖父だなんて、やっぱり、にわかには信じられないだろう？　今だって変な感じがするよ。でも、そうなんだからね……」

レイク聖皇子にお会いになったことがあるだなんて！

ゼラフィン皇子からその話を聞いた時に、ルークは、レイク皇子と会ったことがある、というゼラフィン皇子を心の底から羨ましく思った。ゼラフィン皇子にとっては、身内なのだから、当たり前のことなのだけれど。

レイク皇子と会ったことがある、という人は、この帝国内では僅かしかいない。

なにしろ、オカレスク大帝の、ただひとりの御子だ！　オカレスク大帝が自分の命よりも大切なものと呼び、大切に育てて、誰とも会わせようとしなかったからだというけれど――。

あのオカレスク大帝にそこまで大切にされて育った皇子、というのが、どんな方なのか……。それこそ、ルークにとっては、神にも等しい人であるように感じられて、憧《あこが》れてしまう――。

もちろん、誰よりも、ルークにとって神そのものであるように感じられる憧れの人は、オカレスク大帝、その人なのだけれど。

「ルーク……」

いきなり、ゼラフィン皇子は、馬の歩みを緩めた。表情が険しくなっていて、前方の、遥か先のほうをじっと睨むように見ている。

「はい、皇子殿下。何でしょうか？」

ルークも、行軍する中で、馬の速度を緩めながら、

皇子に尋ねる。

「沼《ぬま》の中に……見えるか、あの沼の端のほうに。黒っぽく……何か見える」

皇子が指さした先に、ルークの目にも、黒いものが見えた。

顔をしかめる。

……すごく、嫌な感じがした。たぶん、あれも死霊のひとつだろうけれど、とても強い。そして――呼んでいる……。

「気になる。とても、重要なことのような気がする。……聴いてきてくれないか？」

ゼラフィン皇子に言われて、一瞬、ルークは顔をしかめてしまった。

気が進まない――わけだけれど。ゼラフィン皇子だとて、あえてそれを言ったのは、ルークがそういう思いをするのを知って、意地悪をしたわけではないだろうことはわかっていたので、不平は言わなかった。

「はい、殿下、わかりました」

ルークは答えると、馬を少し、走らせて、一行よりも前に進むと、その沼の水辺で馬を止まらせた。

……馬が嫌がって、嘶《いなな》きをあげた。

そのまま、水辺にとどまらせていると暴れそうな気配があったので、ルークは馬から素早く降りて、近くにいた兵士の手に手綱《たづな》を渡し、馬を押さえておいてくれるように頼んだ。そして、水辺に近寄り、遠くの水面に立っているらしい、その黒っぽく見える死霊のほうを向いた。

嫌な気配は、一層、強まる。

……見られていた。

ルークが、自分に注目したのに気付いて、その黒っぽいものは、こちらをじろりと見返してきたのだ。

凝視する、真ん丸い黒い目が空中に浮かんでいた。瞼《まぶた》は無く、瞬きをしないでこちらを見ている。

それから、す……と滑るように、猛烈な速度で、その黒っぽいものが水面をこちらへと渡ってきた。

近寄ってきて、ルークは驚いた。

それは、子供だった。しかも、女の子だった。無《む》惨《ざん》な姿の。

黒っぽく見えたのは、全身が、すでに乾いてどす黒い色になった血に汚れているせいだった。

しかも、遠くに見えた時には目玉だけが見えたのに、近寄ってきたその女の子の姿では、目の部分がえぐり取られていて、黒い穴しか穿《あ》いていなかった。さらに体の胸部の真ん中、心臓があっただろうあたりにも黒い穴が穿いている。

さらに、少女は、両手のすべての指が無く、足首から先が無かった。

ルークは、それがどういう意味かがわかっていた。この少女に何が起こったか。

だから、目を逸らすことができなかった。


少女は、そんな姿なのに、必死だった。話すことができない、舌がない口が丸く空洞《くうどう》となって開いている。そこから、声が聞こえた。

助けて、と。

『でぃるふぇか』

少女の声が聞こえてくる。

『でぃるふぇか、たすけて、早く――』

ディルフェカ、は、どうやら、名前のようだった。

「わかった。助ける」

ルークがそう言って、聖なる言葉と印《いん》を示すと、少女が微笑んだのがわかった。

安心したような、幼い、愛らしい少女の顔が、一瞬、見えた。

そして、次の瞬間に、その黒っぽい死霊の影は、ぽっ、と赤い炎を上げ、消えた。水面が、ほんの僅かに揺れた。

ルークは踵を返し、手綱を預けていた者から馬を受け取ると、すぐにゼラフィン皇子の下に戻った。

「どうだった？」

ゼラフィン皇子は、尋ねた。その表情が厳しいものになっていた。

ルークは、報告した。

「皇子殿下のご判断は正しいものでした。この近くで、闇の儀式を行った者がいます」

2、闇の生け贄

「震えているね、ルーク？　どうしたんだ？」

その日、野営地の宿舎に入り、ゼラフィン皇子の着替えを手伝った後、夕食が運ばれてくるのをぼんやりと待っている時に――不意に、そう話しかけられて、ルークは、びくっ、と体を大きく震わせた。

いいえ、違います、と答えたかったのだけれど、ルークは体の震えを止められなかった。


自分が情けなくて、涙が出そうになる。

だらしがない！　どうして、これくらいのことで――！　平常心を保《たも》つ、なんていうのは、魔法を扱う者にとっては最低限の鉄則なのに！

「大丈夫です、ご心配をかけまして――殿下。すぐに直ります」

そう言うのが、やっとだった。

宵《よい》の闇が部屋の中にも忍び込んでくる。皇子のお泊まりになる宿舎だから、惜しげもなく多くの燭台《しょくだい》が運び込まれ、蠟燭《ろうそく》が灯されて明るくなってはいるけれど、それでも夜の気配は容赦《ようしゃ》なくこの小さな街道の宿舎に襲いかかってくる。窓の外には篝火《かがりび》が焚《た》かれ、そして、宿舎にも幾重《いくえ》にも光の魔法の守りが施されている――それでも。

ここは安全だ。でも、こんなふうに怯えていては、万が一にも闇の勢力の付け入る隙になるかもしれない。

ルークは必死で自分の心を宥めた。

落ち着け！　ここは、もう、幼き者たちが魔法を学ぶための養成所ではなくて、いつ、魔の手が襲ってくるかわからない実戦の場なのだから。自分を甘やかしていてはダメだ……！

「……さっきの、死霊のせい、だよね、たぶん、ルーク？」

ゼラフィン皇子が、また、話しかけてきた。その声が、自分のすぐ背後から聞こえてきたのに驚いて、ルークは顔を上げた。

（気配に、気がつかなかった……？）

人が近づいてくれれば、気がつくのだけれど！　こんな近くまでゼラフィン皇子が近づいてきているのに気がつかなかっただなんて——？

顔を上げると、すぐ目の前にゼラフィン皇子の覗き込んでいる顔があった。目と目が合って、狼狽《うろた》えて、ルークはすぐその視線を外した。


唇が震えているのを見られたくなくて、後ろを向こうとしたら、腕をそっと摑まれて、引き留められた。

「ごめん。きみに行かせてしまって。すごく気になったんだ。それで——。

あんなことを頼まなければよかったね」

ひどくすまなそうに彼が言ったので、慌てて、ルークはふたたび顔を上げて、答えた。

「いえっ！　そんなことは当たり前のことです、皇子。また、あのようなことがありましたら、決してご自分で手を出そうとせずに、ぼくに命じてください。あなたがなさったことは正しかったんです。あれは、あなたが手を出すべきではなかったし、ぼくならばちゃんと処理することができました。

すみません、そういうことじゃないんです。本当に——これは、その、ぼくのすごく個人的な問題で……」

また、顔が真っ赤になった。情けないけれど、ちゃんと説明しておかないといけないと考えて、諦めて、ルークはゼラフィン皇子に向き直った。

「申し上げたように、あれは、闇の神グラヴィスへの、典型的な生け贄の捧げ方です。

あれは、放置するわけにはいきません。

この近くで、大帝陛下の御威光に逆らって、闇の儀式を行っている者がいます。放っておけば、せっかく大帝陛下が平定なさったこの地方の治安が乱れ、闇が濃くなりますから、誰がやったかを必ず突き止めねばなりません。闇への生け贄の儀式は続けなければなりませんから。やめさせなければ、犠牲者はひとりでは決してすまない——次々に犠牲者が出ることになります。

ぼくは、ただ——思い出してしまって、それで。すみません、これはぼくの克服《こくふく》しなければならない心の弱さなんです」

「思い出して……？」

ゼラフィン皇子の、問いかけてくる言葉の声の深みが、増したように感じられた。ゼラフィン皇子の心が、そっと、己の心の近くへと寄り添っているのを感じて、ルークは辛くなった。皇子が、自分の弱さに優しく手を差し伸べているのがわかる。けれどそれは、自分の弱さを強く認識することでもあり、ルークにとっては自尊心がとても痛むのだ。

でも、ここで言わないことは、さらに悪い結果を生むことは知っている。自分の弱さを晒《さら》け出すことも、強さのひとつなのだ。自分の弱いところを知っておいてもらえば、それでその相手に迷惑をかけることもない——。

「はい。ぼくの母は……闇の大神に生け贄にされて殺されました。あの、沼にいた死霊の少女の姿はぼくにそれを思い出させるのです。

ぼくはまだとても幼くて、その時の記憶はほとんどないはずなのですが――でも、とても鮮明に覚えているんです。

生け贄にされる犠牲者は、まず、両手の十指を切り落とされます。光の印を結んで、助けを求めることができないように。手首からは、落としません。そうしたほうが、犠牲者が心の中で光の印を結びにくいのを、あいつらは知っているんです。

次に、足首から下を落とします。逃げられないように。

その上で、犠牲者が汚れ無き処女や童子であれば、そのまま、両目と心臓を抉り出し、そうでなければ身を汚してから、やはり、両目と心臓を抉り出し、闇の祭壇へと献げます。

母が、そのようにされたのをぼくは覚えていて……そして、夢に見ました。何度も何度も。

父は、首を断られて、逆さに吊されました。それも覚えています。

大帝陛下に救い出されなかったら、ぼくも母と同じように、あるいはあの昼間の少女のように、闇の神に生け贄に捧げられていたでしょう。そして、昼間のあの死霊のように、どこかの街道で誰かが気がついて浄化してくれるのをずっと待っていたかもしれません。そう思うと恐ろしくて――。

それが、ぼくの心の弱さなんです」

……ちゃんと、言えた。ルークは、大きく息を吐いた。

体の震えが、収まり始めていた。告白したことが、悪くなかったんだな、と自分で思う。恐怖は、口から出したほうが軽くなる。たぶん、そうすることで強くなれる。

「そうか。……そうだったんだね」

ゼラフィン皇子は、不意に、ルークを包み込むように抱き寄せた。ルークは、その体の接触に驚いた。一瞬、逃げ出したい気持ちになったけれど、体は逃げ出さなかった。

皇子の腕が、心地よかったから。

何故だろう……？　最初に、手を触れられた時も感じたけれど、皇子の体は温かい。そして、触れられると、とても暖かい気持ちが伝わってくる。

それが、心を溶かす――。

体の震えが完全に止まって、収まったのをルークは感じた。もう大丈夫。……心が、落ち着いた。恐怖は心から消え去った。

ルークの落ち着きを感じ取ったのだろう、ゼラフィン皇子は抱擁《ほうよう》を解いた。そして、ルークに気を遣う顔つきで、ためらいがちに声をかけてきた。

「その――ごめん。きみが、ぼくより年上なことはわかっているんだ。失礼だった――よね？

でも、なんだか、そうせずにいられなかったんだ。

たぶん、ぼくも、きみの記憶にどこかで共鳴したのかもしれない。いや、もちろん、ぼくにはきみのような記憶はないけれど、知っていると思うけれど――ぼくの母は、きみと同じような境遇だった。母も、闇の神に捧げられるはずだった、生け贄として」

ルークは、うなずいた。

ウルスラ皇妃を救ったのは、リゼク皇子だった。ルークを救ったのは、オカレスク大帝陛下であったように。

「ぼくは、幼い頃から母にそのことを繰り返し聞かされた。ぼくは会ったことはないけれど、エックブルト公国の母方の祖母には、両手の指が無いという――祖母は、両目の光も失った。母の代わりに。

母は、オカレスク皇家に救われた。だから、ぼくには強く望んだんだ――父上と同じようなオカレスク皇家の強い皇子となることを。闇の犠牲になる者たちを救える者になれ、とね。

大帝陛下の偉業を引き継げる皇子になって欲しいと」

……ルークは、もう一度、うなずいた。

ウルスラ皇妃の心が病んでいるのが、その時の記憶と闇が心に刻みつけた傷のせいだ、というのなら、ルークにはそれはよくわかる。ルークの心もまた、同じように蝕まれているから。

「ぼくは、なれるかな。母が望むような者に。そうなりたい、と願っているんだけれど」

ゼラフィン皇子は、自信なげにつぶやく。

その、自信のなさも、ルークにも覚えがあった。自信のなさは、ルークもまた、持っているものだった。

闇の犠牲になる者を救いたい。けれど、自分にそれが出来るかがわからない――。

「なれるでしょう、皇子殿下。少なくとも、なりたい、と願い、望まなければ。そして、そう努力して足を踏み出さなければ、なることはできません」

ルークは、小さな声で答えた。

それは、ルークが常に自分に言い聞かせている言葉でもあった。

ゼラフィン皇子は、弱く笑った。そして、ルークに強く、うなずきかけた。

ちょうどその時、部屋に夕食が運ばれてきた。

ゼラフィン皇子は、照れたように微笑んで、ルークに言った。

「ともかく――食べよう。何はともあれ、食べて疲れを取らないとね。

心は、体に宿るから、心を強くするには、まずは体をしっかりさせないと。そうだろう？」

「はい、殿下」

ふたりは、いつものように同じ食卓についた。

ゼラフィン皇子が食事を始める前に、ルークはそこに出された料理に毒や害があるものがないかを素早く、調べる。ゼラフィン皇子の身辺に異常がないかを調べるのが、まず、ルークの一番、大きな役割だ。

すぐにふたりは、若い旺盛《おうせい》な食欲で、用意された皇子のためのご馳走《ちそう》をたいらげ始めた。

「……ディルフェカ、という名前が手がかりだよな、まず」

食べながら、ゼラフィン皇子はつぶやく。

もし、まだ生きているなら、とルークは心の中でその言葉に答える。生きているといいけれど。

まぁ、死んでいたとしても、確かに手がかりになるかもしれない。誰が裏切り者であるか。オカレスク大帝の治世に逆らって、闇の大神と裏で取引をしている者がいる。

「エルワンを呼んで、その名の者がこの近郷にいるか、調べてもらいましょう」

ルークは、提案した。

魔術戦士のエルワンは、数日前からゼラフィン皇子の護衛として合流していた。ルークは、彼が来たということを、いよいよ最前線に近づきつつあるし、と受け取っていた。

皇子の夕食として出されている食事は、当然、このムアール帝国の世継ぎの皇子を饗する食事だから、この地方で用意できる最上のものが出されている。

とはいえ、これほど辺境の地になってくれば、少しずつ、食材にしても調味料にしても、都会とは違うものになっていくものだが、ここの食事はかなり良く、この辺りがさほど貧しくはないのが感じられたのだが――。

その裏に、妙な事情がないといいな、とルークは感じた。

あの少女の、消え去る前に愛らしい顔立ちの印象が心に浮かんだ。まだ、ほんの子供だったはずだ――。

3、最初の攻撃

「ほぉ……それは。〈闇の儀式〉……ですか」

エルワンの青い双眸が、また、冷たく光る。

オカレスティでは、それでももう少し、この瞳も優しく見えていたことがあるんだけれどな、とルークは身をすくませ、ごくり、と唾《つば》を飲み込んだ。

黒い頭巾《ずきん》から、エルワンの明るい金色の髪も覗いている。けれど、その金色の髪も、何故か彼の表情を明るくは見せない。

エルワンは、ルークから見れば巨人といって良いほど長身だし、筋骨逞《たくま》しく、二の腕は、ルークの二倍以上もある。その前に立っているだけで、気圧《けお》されてしまう。

「わかりました。皇子殿下がそれほどまでお気になされている、と申されるなら、調べるように皆に申し伝えましょう。

ディルフェカ、ですね？」

ゼラフィン皇子は、うなずいた。

「頼む。——もちろん、こんなことはいちいちわたしが構うまでもないことだ、とお前たちは思うかもしれない。だが、霊が、わたしに訴えてきたのだ。

ひとつのことが、すべてのことに通じているようにわたしには思える。小さなことを解決出来ずして、大きなことが解決出来るだろうか？」

すると、エルワンは皇子の前に膝をつき、顔を上げて、にやり、と笑った。

「小さなことではないでしょう、皇子。〈闇の儀式〉は大罪《たいざい》です。このオカレスク大帝が統《す》べられる領土においては。

しかも、皇子殿下がこの地を通られることは何カ月も前に通知されているんです。何もないわけがない。

ダムが決壊する原因になるのは、石積みの間の小さな罅割《ひびわ》れ、ほんのちっぽけな綻《ほころ》びです。それをないがしろにすることがよいこととは、大帝陛下もおっしゃられません。もし、大帝陛下がそう思われていたら、そこにいるルークも今頃は生きていませんよ、……そうだな、ルーク？」

ルークは、少し、顔を紅くした。あまりにもっともな例だったから。

「もし、〈闇の儀式〉が本当に行われているのだとしたら、白の祈禱士《きとうし》が必要ですね。その手配もしましょう。けれど、皇子——お忘れなく。もし、この地で闇の勢力が動いているとしたら、その一番の標的は、言うまでもなく、貴方《あなた》だ、ということです。ルーク、気を緩めるなよ」

そう言うと、エルワンは鈍《にぶ》い銀色に輝く巨大な水晶剣を摑んで、馬の上へとひらりと飛び乗った。

「すぐに戻ります、皇子」

そう叫ぶと、エルワンは街道を駆け去っていく。

「狙われるのは、まずは、ぼく——か」

ゼラフィンはつぶやいた。そして、首を傾げた。

「そんなものかな。今のぼくには、まだ、大帝陛下をお助けできる力もない。ぼくが生きようが死のうが、今のハラーマには何の影響もないだろう……ねぇ、ルーク？」

そんなふうに問いかけられて、ルークはびっくりして、首を大きく横にぶんぶん、と振ってしまった。

とんでもない！　あなたは特別な人ですっ！　だって、オカレスク大帝陛下の血を引く、一番若い皇子なのですから……！

返事をしなくとも、ルークの表情から、ゼラフィンはルークの言いたいことを悟ったようだ。苦笑いをした。

「きみが、ぼくのことをすごく過大評価してくれているってことはよくわかったよ、うん、ルーク。その期待に応えたい、と思う。というか、応えなければならないんだろうな、と思うよ。

でも、考えてみろよ。ぼくは、エルワンみたいな屈強の戦士でもなく、きみみたいに魔法も使えない。まだまだ何もできないヒヨっ子なんだよ？

でも、ぼくが言ったことが、ぼくの我《わ》が儘《まま》ではないらしい、というのがわかったので、ほっとしたよ。

正直のところ、それがちょっと心配だったんだ。沼地でたまたま、あの子をみつけたけれど、死霊をいちいち聖化するのはきりがない、みたいに、これもいちいちひっかかっていてはいけない問題かもしれないと思って――」

「〈闇の儀式〉は、死霊がどうの、という問題とは全然、違いますよ。

〈闇の神〉は、そんなに簡単に人間とは取引をしません。取引なんてしなくても、あいつらには幾らでも奪えるものがあるから。

エルワンが殿下のお命を心配しているのは――これは、普通の市井人《しせいびと》の犯罪ではないから、ということです」

ルークの答えを聞いて、ゼラフィン皇子の顔色が変わった。

「どういうことだ？　つまり……？」

「ここは、我が大帝陛下の統べる地です。この地で、誰かが〈闇の儀式〉をしている、ということは、大帝陛下に逆らい、ふたたび古き神々と契約を交わして、我がムアール帝国から離反を考えている者がこの近くにいる、ということです。こんなにもオカレスティに近い地であるのに。

そうとなれば、当然、そのことが、殿下がこの地をお通りになる今という時が、関係ないわけがございません」

そもそも、この地は、聖化して初めて、人が住める地となる。そうでない地では、人は神々と契約を交わし、神の力にすがって生きなければならない。

神は、必ず、代償《だいしょう》を要求する。人間の支配者、あるいは征服者が税を要求するがごとくに。

そして、人の支配者と違って、古き荒々しい神々が要求するのは、まずは人の血であり、命でありも、混沌だ。さらに言うならば、古い神々にとっては人というのは必ずしも必要なものではない。彼らにとっては、むしろ、自らの眷属《けんぞく》である魔が跋扈する世界のほうが遥かに生きやすい世界であるからだ。

だから、闇を去らせ、この地を人が住める地にするためには、大変な努力が必要だ。

オカレスティのような、あんな光に満ちた聖地を創り出すのは、人にとっては夢のようなものだ。生だけが謳歌《おうか》する美しい光の地――この地をそうした、人が住むに相応しい大地へと変えるために、オカレスク大帝とその後継者である皇子と皇女たちは日夜戦っている。

――それにしても、この辺りは、ほんとに死霊が多すぎやしないか？　ルークは思った。確かに、周縁域に入れば、どこの街道でも霊たちはいる。

死者は、聖化した地では、普通なら生者に害を為せるものではない。だが、闇が支配した地ではその法則は簡単に覆《くつがえ》る。死んでこそ人は力を持ち、生きている者はその餌食《えじき》としてだけ、地上に生まれ落ち、恐怖と苦痛の中で存在することが許される。それが聖化されていない地――魔界、だ。

「ゼラフィン皇子殿下、行程が遅れておりますので、もうそろそろご出立いただけますか？」

皇子の警護にあたる親衛隊を率いる責任者であるウルドラム将軍が進み出てきて、そう、ゼラフィン皇子に進言した。馬の水飲み休憩に下馬したところで、皇子がエルワンをみつけて指示したために確かに少々、休憩にしては長くなりすぎていた。

ウルドラム将軍は、立派な顎ひげを蓄えた、体ががっしりと大きい歴戦の勇者だ。オカレスク大帝とも長年に亘《わた》り、戦場でともに戦ってきた将軍で、ムアール帝国軍でも名の知れた男だ。

「わかった。今、行く。ルーク、出発しよう」

そう応じて、ゼラフィン皇子は、用意された馬のほうへと歩き出した。

その時、す、と街道の脇から死霊が皇子のほうに動いた。

――いや。

死霊、ではない！

「……殿下、お下がりください！」

ルークは、とっさに光の印を指で結んだ。が、すぐにそれでは効果がないのに気付いた。

ルークの脳裏を一瞬にしてさまざまな魔法の知識が溢れ、呪文が浮かぶ。杖《つえ》を横にして両手に持ち、突き出すと、ルークは目を瞑った。

こういう時にあてになるのは、天空の神マゼークか、大地の女神ヴァーゼクだ。神々のうち、人に味方してくれる数少ないゼルクの神々、その主なる四柱《はしら》の神のうち、もっとも力ある神はマゼーク。だが、今はむしろ大地の女神のほうが頼りになるだろう――。

ルークは、ヴァーゼク神への祝祭歌が混じった呪文を口に唱えた。

大地から、オレンジ色の光が浮かび上がって、ルークの全身を包む。そして、ルークは杖を振り上げると、それで大きく円を描いた。

皇子に近づこうとしていた死霊の姿が変わった。それればかりではない――ルークの描いた円陣の外にあった死霊たちの姿も、一斉《いっせい》に変わった。

（……魔物だ！　こんなところに！）

ルークは皇子に駆け寄り、皇子をオレンジ色の光の輪の中に引き入れた。その次の瞬間、ルークの光の輪の外にいた帝国の兵士が身も毛もよだつ声をあげた。

「──見るな！　気がふれるぞ！　全員、眼マスクを被れ！」

　こうした事態に慣れているウルドラム将軍がすぐさま目を逸らし、部下たちにわめいたのが聞こえた。だが、時すでに遅く、魔物たちを正視してしまった者たちに発狂者が出て、剣を振り回して味方に襲いかかっている。

　血飛沫《ちしぶき》が舞い上がった。

「──皇子！　わたしから離れないでください！」

　ルークは叫んだ。狼狽《うろた》えているゼラフィン皇子の腕をしっかりと掴み、まずはルークは皇子に〈色彩〉からの守りの魔法をかけ、そして、背後に庇《かば》った。こうなるとヴァーゼク神からの慈悲《じひ》の守りがいつまでも続くとは限らないからだ。

　今、ルークを守っている円陣の外では、七色の極彩色を纏った魔物たちが兵士たちに襲いかかり、ノコギリのような牙が生えた目の無い頭で、頭から、あるいは手足をもぎ取っては貪り食いにかかっている。

〈色彩〉を防ぐ厚い水晶板で覆われた眼マスクを装着した帝国軍の兵士たちが、ようやく、その魔物たちに反撃を始める。

「──皇子を守れ！」

　幸いだったのは、魔物たちは低級なものたちで、兵士たちと皇子との価値の差がわかるようなやつらではなかったこと──。ルークを守るヴァーゼク神の光の円陣を恐れて、円陣の中には入ってこようとしない。だが、〈色彩〉のせいでおかしくなった兵士たちは違った。〈色彩〉にやられて、血で汚れた剣を振り上げて、髪を振り乱してこちらへと襲いかかってきた兵士を、ルークは杖で払い、その頭へと力の加減はまったくしないで、叩き下ろした。

　ぼく、と鈍い音を立てて、頭蓋《ずがい》が壊れ、脳髄《のうずい》が跳ね上がる。人の頭は、存外、簡単に壊れる。ルークはそれを知っている。

――〈色彩〉で犯された兵士は、二度と正気に戻ることはない。そして、そうした兵士には、こうして殺すことが一番の慈悲となる。何故なら、そうして死んだ兵士は、死した後も魔物に操られるからだ、こうしなければ。

ゼラフィン皇子は、その間、一言も声を発しなかった。

「……ルーク！」

その時、声とともに空から人が落ちてきた。緑色のマントが翻《ひるがえ》り、金色の稲妻《いなずま》の光とともに雷撃《らいげき》が起こり、ゼラフィン皇子とルークの一番近くにいた〈色彩〉の魔物を黒こげにして倒す。

「アリステル……！」

思わず、ルークは喜びの声をあげた。

懐かしい顔が振り返り、ルークに笑いかけた。

「エルワンに言われて、来たぜっ。お前に助けが必要かもしれないからって。おれなんかじゃ、全然、役に立たないかもしれないけどな。

久しぶり。元気か？」

それから、また杖を振り上げた。黄金の鳥ファナリックの姿が空中に現れ、その翼の下、金色の光が周囲を覆うとともに、杖から放たれる雷撃が次々と魔物たちを倒していく。

「……魔法使いだ！」

魔物たちに手を焼いていた兵士たちから、歓呼の声があがる。

しばらくして。ようやく、一帯にいた魔物たちはすべて退治することができた。こちらの損害も大きかったけれど。

魔物たちに食い散らされてバラバラになった兵士たちの遺骸を、黙って、仲間たちが集める。

「魔物の死体を積み上げて、焼け。肌が利用されないようにな！」

ウルドラム将軍は命じた。

この〝〈色彩〉の魔物〟の七色の光沢《こうたく》がある皮膚は、剝《は》ぎ取って乾燥させ、粉にすると、人に恐ろしい快楽を与える麻薬となる。その幻覚作用には中毒性があり、闇市場では高く取引されるが、やがては狂気とともに突然の死を招く。

助けに来てくれた魔法使い、ルークの幼馴染みであるアリステルは、一段落がつくと、ルークの横ににこにこと笑って歩み寄ってきた。

明るい茶色の髪の若々しい青年で、背が高く、筋肉質の鞭《むち》のようなしなやかな体つきをしている。

アリステルはルークを見下ろすと、まず最初に、こう言った。

「相変わらず、ちっこいなー」

……さすがに、満面に浮かべていた笑みを引っ込めて、回れ右しそうになったルークの肩を、アリステルは摑んだ。

「怒るなって。お前がチビだからって、おれがお前を侮ったことなんて一度もないだろ？

それにしても、ほんと、久しぶりだけれど——変わらないなぁ、お前は、ルーク」

まぁ、そうなのだが、ぼくが気にしているのを知らないわけじゃないだろうが、とルークは思わず涙眼でアリステルを睨み上げた。

このアリステルが、ルークよりもちっちゃくて可愛らしくてやせっぽちの泣き虫だったことがあった、なんて、今は一体、誰が信じるだろう？

「……お前は変わったよ」

ルークは、思わず、不機嫌に言葉を返した。

「また、でかくなったろ？」

屈託なく、アリステルは応える。

まぁ、こういうヤツなのだけれど。

「ルーク。きみの知り合いなのか？」

ゼラフィン皇子が尋ねてきたので、ルークはため

息をつき、振り返って、答えた。

「はい、殿下。仲間の……アリステルです。アリステル、こちらにいらっしゃるのはゼラフィン皇子殿下だ」

はっとして、アリステルはすぐその場で片膝をついて、頭を下げた。

「お目にかかれて光栄です、ゼラフィン皇子殿下。わたくしは、エルワンより命じられて殿下の警護に遣わされた魔法使いのアリステルです。ムアール帝国の若き皇子であられる殿下をお守りできることを心より栄誉に感じております」

「助かった、アリステル」

ゼラフィン皇子はその言葉に、一言、答えた。

本当に、この方は偉ぶることがないな、とルークは感心した。

「ずいぶんと、ルークとは親しいようだね」

ふたりのやり取りを聞いていたらしく、ゼラフィン皇子はそうアリステルに尋ねてきた。

ルークは、顔をぱっと赤くしたが、うなずいて応えた。

「はい。アリステルとは——その、一緒に育ちました。この三年ほど会っていませんが、とても親しい仲の者です」

アリステルも顔を上げて皇子を見上げ、いつもの屈託のない口調で、皇子に応えた。

「ええ、ルークはぼくが尊敬している仲間です。彼は、誰よりもすごい魔力を持っていますから、殿下も彼を身辺に置かれているのなら、ご安心なさって、何の問題もありません。保証します」

そして、立ち上がり、ルークに尋ねた。

「余計なことしたかな、ルーク？」

「いや……助かった」

まぁ、実を言えば、この魔物たちがどこからどういう経緯を辿《たど》って、皇子のこんなにも近くまで現れたかは探りたかったのだけれど――。アリステルが派手に電撃で片付けてしまったので、痕跡を辿るのは難しい。

　けれど、ゼラフィン皇子がこうした事態には慣れていないことを考えれば、ひとまず、片付けてしまうことは必要だったかもしれないし、ぼくひとりだとその決断が遅れたかもしれないな、とルークは思った。

　アリステルは、攻撃魔法が得意だ。攻撃だけなら、ルークよりも強い魔術を使えるところもあるが、ルークのように広い範囲の魔法は使えない。

「何があったんだ、ルーク？」

　アリステルに尋ねられて、ルークは返答に困った。

　そう、それが一番、重要な問題だ。

（ゼラフィン皇子殿下のお命が狙われた、ということだよ……な？）

　オカレスティを離れた途端に！

　だが――誰に？

　この先にある大きな城といえば、レディ城だ。だが、レディ城の城主であるケシャナ女侯爵は、水の女神〈ジリオラ〉への帰依《きえ》深き聖女として知られている。まさか、ケシャナ侯が――。

「とにかく、エルワンにこの事態を伝えてくれ、アリステル」

　ルークが言うと、アリステルはすぐにうなずいた。

「わかった」

　アリステルはそう応えるなり、高い音の口笛を吹いた。その口笛に呼応して、街道の脇の森の中から、すごく大きな鳥か何かに見えるものが飛び出して、空へと飛び去って行った。

　たぶん、エルワンはルーク、アリステルの手に負えない事態がさらにあり得るかもしれないと見て、もうひとり、魔法使いをそこに配していたのだろう。

「――ぼくが知っている人？」

ルークがアリステルに尋ねると。

「ミリエルだよ」

すぐさま、アリステルは答えた。

ああ、とルークはうなずいた。

彼女なら、防御魔法に優れているし、ルークとアリステルで捨て身で戦えば、ゼラフィン皇子ひとりなら安全圏まで連れていけるかもしれない。

あのおとなしかった少女は、どんなふうに成長しているんだろう、とルークは思った。ミリエルとも、もう五年は会っていない。みんな、最前線に送られて行き、ルークだけが取り残されたのだ――。

4、神々と人の物語

死んだ兵士たち、それに殺された魔物たちを積み上げた死骸の山からは黒い煙が上がり、青い空の色を染める。

後の処理をする部隊を残し、皇子を護る親衛隊はふたたび隊伍《たいご》を組み直し、なにごとも無かったように行進を続ける。

ゼラフィン皇子は、その黒い煙の筋がまるで追ってくるかのように流れてくる頭上の空を見上げながら、静かに、吐息をついた。

「なるほどね。ぼくがいかに甘いか――というのは思い知らされたよ」

それはそうだろう、と思う。オカレスティのような場所は、この大地にはどこにもない。いかにオカレスク大帝陛下がこの地をハラーマ、〈我らの地〉と呼ぼうとも、この地にはまだ、人の地ではある領域はあまりに狭い。

「ぼくも――実は皇子殿下とそれほど変わらないかもしれない、と恐れています」

ルークは、告白した。

ゼラフィン皇子は、ルークの言葉に驚いた顔をする。

「何故？　きみは、さっきの事態だっていとも当然、というように、平然と対処したじゃないか。ぼくよりもずっとすごいよ。ぼくはまるで動けなかった。驚いて声も出せなかったくらいで――。

　でも、きみはすぐにあれが魔物であることを見抜いて、ぼくを助け、どうすべきかすべて知っていた」

「それは……あれくらいは」

　ルークは赤面する。そして、しどろもどろで説明した。

「ぼくが生まれた地域は、もっと闇が濃い場所でしたから、ああした魔物はよく出没しました。魔物は、人を狂わせ、魂を奪います。ですから、すぐさま光の印を結ぶなり、結界の中に逃げ込むなりは――習慣になりますよ。

　皇子殿下も、すぐに慣れることと思います」

「慣れる……か。そうだろうな、慣れないといけないのだろうし」

「ええ。ここから先は、さらに闇は濃くなり、魔界を抜けていくことになりますから。

　これくらいは、たぶん、序の口です。ぼくが不安なのは……仲間の魔法使いたちはすでに魔界での戦いに慣れているのですが、ぼくは演習程度にしかそれを経験していないからです。

　お母上のウルスラ皇后陛下が、ぼくなどに皇子殿下の護衛をまかせられない、とおおせられたのは、ある意味、正しいのです。

　ぼくは、魔力は強いけれど、経験が足りない。そういう意味では、たぶん……本当に皇子殿下とたいして変わらない、ということで――」

　ルークは、また、赤面した。

（たぶん、アリステルやミリエルをよこしてくださったのは、アダク師のご配慮なんだろうな……）

　アリステルは、助けが必要な時にはぼくらがいるから大丈夫だ、と言って、あの後、森の中へと戻って行った。

アダク師は、ルークの人見知りをする性質《たち》をよく知っている。それで、たぶん、幼い頃から知り合っている彼らを呼び戻して、今度の警護陣の中に入れてくれたのだろう。

「きみの仲間たちは、とても優秀な魔法使いみたいだね。あの、雷が落ちたみたいな力はびっくりした。あんなことは、きみもできるの、ルーク？」

ゼラフィン皇子は次々に尋ねてくる。たぶん、恐ろしい目に遭った興奮もあって、その恐怖を紛らわすためにあるのだろうと察して、ルークもしばらく饒舌《じょうぜつ》になることにした。

「はい。あれは、雷《いかづち》の神〈エフェーク〉の使徒たる黄金鳥、ファナリックの力です。アリステルは、ファナリックの力を使うのがとても上手いのです。

ゼラフィン皇子殿下も学ばれていることと思いますが——遥か昔、古い神々とゼルクの神々が戦い、その戦いの狭間《はざま》にこの世界は創られた、と魔法使いたちは考えています。

そして、人は、ゼルクの神々が己の身を模して作った神々の眷属であり、だから、我らは神々の血を引いている。我らの体は、ゼルクの神々の血と肉から作られているからこそ、我らは、とても弱いながらも、神々の力を使うことができるのです。

特に、時と場所に恵まれて生まれた子供は、神々の力の恵みを強く受け、強い魔法使いとなる素質を得ます。それが、わたしたちです。星によって、その子供がどこに生まれたかは、〈星見〉をする魔法使いが知ることができます。

それに対して、魔物たちは、古き神々の眷属、と言われています。

古き神々とゼルクの神々の戦いはこの地で今も続いている。だから、魔物は常に人を襲い、人は常に魔物を狩ります。人が住む領域を拡げれば魔界は狭《せば》まり、魔界が広がれば、人が住む領域は狭められる。——その魔界とわたしたちの領域との戦いの最先鋒《さいせんぽう》にお立ちになられているのが、言うまでもなく、ゼルクの神々に愛されし我らが英雄、オカレスク大帝陛下です。

我らに味方してくれる神々はいっぱい、います。まずは、この世界を創り出したと言われている四柱のゼルクの大神、天空の神マゼーク、水の女神ジリオラ、大地の女神ヴァーゼク、雷の神エフェーク。そしてその使徒たち炎の火竜セリドと水の白牛レーム、暗黒の黒馬ボーゼムと生命の黄金鳥ファナリック。……四柱の大神の力はあまりに強すぎるので、魔法使いたちは、その使徒の力を呼び出す者のほうが多いですね。

その他、さまざまな神々がいます。よく人の呼びかけに応えてくれる者には、火の神フェルモサや光の神リシンダがいますね。ご存じと思いますが、火の神や光の神はあまりに大勢いて……」

「うん……前に教わった時にも、あまりに火の神や光の神は名前が多くて、覚えられなくて音《ね》を上げてしまった。ルークは、そういうのを覚えているの？」

「大体は。神々の名を知ることは大切ですから。河の神の名前は、大概はその河の名前となっていますし。

そして……闇の神々と災厄《さいやく》の神々の名前も多いですが——」

「そっちのほうはあまり習わなかったからなぁ。確かに、そういうのを覚えるよりは、まだ、それよりは火の神や光の神の名前を覚えるほうがいいなぁ……」

ゼラフィン皇子は、げっそりした声でつぶやいた。ルークは笑った。

「そうですね。でも、人々を闇と災厄から救いたいと思ったら、そうした神々の名前も覚えないわけにはいきません……主に、古き神々の名前ですけれどね。

　ゼルクの神々にも闇に属して人を嫌う神はいるし、古き神々にも人間に好意的な神はあります。フィリスが飼っている古き神のように。

　神々とのつきあいは、とても神経を遣わなければなりませんが、上手くつきあえば、大いなる力を与えて、助けてくれます。

　たぶん、次の宿舎に行けば、アリステルが、もうひとりのぼくの幼馴染みのミリエルを連れてきてくれると思うんですけれど、ミリエルは光の女神リシンダの使徒です。防御魔法と癒《いや》しの魔法を扱わせたら、彼女を凌ぐ者はまず、いません。

　リシンダの力は、彼女の外見にも力を及ぼしています。ミリエルは、とても美しい聖女ですよ。侵しがたい清らかさがあります」

「ふうん……それは早く会いたいなぁ。で、きみは、ルーク？」

　いきなりゼラフィン皇子に問われて、ルークは戸惑った。

「え……何ですか？」

「つまり、きみにも得意とする〝神〟っていうか……その、守護している神さま、みたいなのがいるわけだろう？」

「え――いえ……」

　ルークは、ふたたび、赤面した。別に何が恥ずかしかったわけでもないのだが、どう説明すればいいのかわからなくて、つい、狼狽したのだ。

「ぼくはその……特に、そういう神は――いない、といえばいないのですけれど、いる、といえば……なんというか――。

　ミリエルのように特定の神の使徒になってしまうのも自分の魔法を強くする方法のひとつなのですけ

れど、ぼくの師は、ぼくにはそういう方法を禁じていて――」

ああ、魔法を知らない人に魔法を説明するのは難しいな、と思う。

「つまり、あまり特定の神と強い関係を持ってしまうと、他の神々との相性が悪くなる可能性があるのです。ある神の使徒となっている魔法使いは、他の神には嫌われますし、また、他の神と通じると、それまで力を貸してくれていた神にしっぺ返しを食らうこともあります。

フィリスのように、古き神をその身に取り込んでいると、ゼルクの神々からは時に害を受けることとすらあります――まぁ、フィリスに関しては、少なくとも、四柱の大神は受け入れてくれているので、それほど問題はないのですけれど。

だから……ぼくは、そういうことはしないようにと指導されているのです」

「つまり、特化した力を持つより、魔法使いとして総合的な力を持つように、ということなのかな？」

ゼラフィン皇子は、興味深そうに聴いている。

「そう……ですね、はい」

ルークはうなずいた。

「ただ、そうは言っても、魔法を使う以上、神々の協力は不可欠です。下手をすると、とんでもない役立たずの魔法使いになってしまう可能性もあるわけで――ええと、そういう特別な関係を持たないで神々から力を引き出すとなると、結局は……力業になるので――」

言いながら、ルークはどんどんまた、自信がなくなっていくのを感じた。

ぼくの頭には、膨大な魔法の知識だけはある。それについては自信があった。他の魔法使いたちが実戦を経験し、オカレスク大帝陛下の遠征のために力を尽くしている間、ぼくはひたすら、魔法についての研鑽《けんさん》に尽くしてきたのだから。

でも、その知識が本当に役に立つのか？

馬に揺られて空を見上げると、魔物と、その犠牲者となった兵士たちを焼いた煙は黒い筋となって、ルークの頭上の青空も汚している。

ゆらり、とその煙が空に揺れて、あの〈色彩〉の魔物を思わせる虹色の光を放ったのに、ルークは一瞬、ぞっとした。

あんな魔物たちが、皇子を襲うために、聖化されていたはずの街道までどうして侵入できたのか。それも調べなければならない。

この辺りの空の色は、まだ青く澄んでいるけれど、闇が支配する地はもう近い。

ゼラフィン皇子殿下の父上であるリゼク皇子が陣を張っておられるコフィーの地まで道中は、オカレスク大帝の版図はすでに広がっているのだから、もう少しは安全か、と思っていたけれど、そういうわけにはいかないようだ。

ルークは、重く、息を吐いた。

もう戦いは始まっている――！　弱音を吐いている時間はもう無い……！

第三章

レディの森の出来事

1、レディ城への到着

　結局、道程の遅れを取り戻すことは難しく、その日、この地域の領主であるケシャナ女侯爵が住まうレディ城に着いた時には、すでに夜も遅くなっていた。

　松明《たいまつ》が街道の両脇に途切れなく並べられ、皇子が通る道を明るく照らしてはいたが、夜の闇が押し寄せてくるのをそれで押しとどめようがなかった。

　昼間の魔物の襲撃を思うと、日が暮れれば何が起こるかはわからない。ウルドラム将軍魔下《きか》にある、皇子のために新しく編制された親衛隊は、警戒怠《おこた》りなく進んでいたが、その緊張は極度に高まっていたので、闇に沈んだ森の向こうに光に照らされたレディ城の姿が現れた時には、期せずして部隊からは歓声があがった。

　ルークも神経を張りつめていたため、城の姿が見えた時には、正直、涙が出てきそうなほどに嬉しかった。けれど、油断はしないように気をつけた。安全圏に入ることができるまでは気を抜くことはできない。

　街道は炎によって照らされていたから、怪しいものの姿は消え去っている。けれど、一歩、光の外に出れば、そこには妖《あやかし》の者たちがひしめいているのは感じられた。

　彼らは、こちらを見ていた。

　彼らは人の喧噪《けんそう》を嫌う。だから、これだけ厳重に光で警護していれば、普通の魔の者たちは手を出してこようとはしない。けれど、彼らは怒っている。夜は闇の領域であり、彼らはその夜を祭りの夜でもないのに光に押しのけられることを不満に感じている。その怒りが闇の気配を通して感じられる。

加えて、その夜は、ゼルクの月が出ていなかった。夜空に見えるのはオリガ月だけで——。

冷たいオリガ月の白光は、ルークの心を不安にさせた。

レディ城は、明るい光によって夜に照らし出されていた。おそらく、皇子の到着が遅れているのに配慮して、そのように城を夜の闇の中に照らし出すようにしたのだろう。

そして、城が近づいてきて、城が建つ山の上への坂を登り始めてしばらくすると、城門が開き、騎馬の一隊が坂を駆け下りてくるのが見えた。

同時に、城の内部から銅鑼《どら》を吹き鳴らし、喇叭《らっぱ》の音とともに兵士たちが声をあげるのが聞こえてきた。その声は、ケシャナ、ケシャナ、と連呼している。

「なにごとだ？」

ゼラフィン皇子はルークに尋ねてくる。

「はい、皇子殿下、おそらく——」

……ルークが説明するまでもなく、ウルドラム将軍がその一隊を迎えて、すぐにゼラフィン皇子の許へと案内してきた。

「ゼラフィン皇子殿下、我が領地へとよくおいでくださりました。

わたくしがどれほどこのことを光栄と感じておりますか！　オカレスク大帝陛下は、我がケシャナ侯爵家にとっては大恩人であらせられます。

ようこそ、わがレディ城へ。おいでを待ち切れずに、こうしてお出迎えにまいりました」

金色の甲冑に紅いマントをつけ、金色の長い髪を編み結い上げた美しい女城主は、そう、ゼラフィン皇子の前で馬から降りると、優雅に頭を下げた。

（これが——レディ城の、かのケシャナ女侯爵か……！）

やはり、この人がゼラフィン皇子を魔物の手に渡すような策謀《さくぼう》を巡らしたり、〈闇の儀式〉を行ってこの地を魔界に堕とすようなことをしているとはとても思えない、とルークは思った。

ケシャナ女侯爵は、かつて、闇からこの地を取り戻す戦いの時には、オカレスク大帝とともに馬を並べて剣を振るい、戦ったこともあるという、すでに伝説にもなりつつあるような女将軍でもある。ウルドラム将軍も彼女のことはよく知っているはずだ。

ケシャナ女侯爵は、馬から降りようとしたゼラフィン皇子を押しとどめ、差し伸べられた少年の手に恭《うやうや》しくキスをした。そして、皇子を見上げると、言った。

「エルワンより聞きました——我が領地において、皇子殿下への狼藉《ろうぜき》があった、とのこと。また、不穏な兆《きざ》しを殿下が感じられたとも聞きました。

まことに、我がケシャナ侯爵家にとっては不名誉なことですが、わたくしの不徳の致すところでございます、申し訳ございません。

まずは、我が城に。我が城においては、殿下は完全に安全である、と保証できます。その上で、このことについては徹底した調査を行うことを約束いたします。

城までは、わたくしがお伴させていただきます、殿下」

「わかった。ありがとう、ケシャナ女侯爵」

ゼラフィン皇子は微笑んで、その言葉に答えた。すると、その笑みを眩しそうに見上げて、ケシャナ女侯爵は微笑んだ。

「……やはり、お血筋でいらっしゃいます、ゼラフィン皇子殿下。オカレスク大帝陛下に、その笑われ方がそっくりでいらっしゃいますね、殿下。大帝陛下を思い出します……」

そう言われて、むしろ、ゼラフィン皇子は戸惑った顔をした。

　ケシャナ女侯爵は馬のところに戻って、慣れた所作で馬上に戻ると、馬首を翻し、周囲の騎士たちに命じて、ゼラフィン皇子を護るようにその前に馬を進め始めた。

　光に包まれて、ケシャナ女侯爵の率いる隊とともに、ゼラフィン皇子を護るムアール帝国軍もレディ城に到る坂道を上がっていき、やがて、その城門に達した。

　城壁の上には、真夜中であるのに多くのレディ城の城兵たちが並んで歓呼の声をあげて、銅鑼や喇叭で歓迎の音を鳴らしている。

　城内もまた、煌々《こうこう》とした灯りで照らし出されていて、影が長く地面に伸びていた。

　ケシャナ女侯爵に案内されて、馬から降り、屋内へと足を踏み入れた時には、ルークもほっとした。

　ここまで来れば、ひとまず、確かに安全だろう。

　——見ると、そこにはエルワンがすでに城に着いていて、廊下に他の者たちと並んで立って控えている。

　アリステルとミリエルはエルワンに、街道の魔物のことは伝えたかな、と思ったけれど、エルワンの厳しい顔の表情を見ると、伝わっていそうだった。

　……とにかく、今夜は先にゆっくり休みたいな、とルークは思ったけれど、そういうわけにもいかなさそうな気がした。


　部屋に案内され、窓からバルコニーに出て外を見ると、皇子が到着して城内に入ってからは、城を照らし出していた篝火は消され、城兵たちも詰め所へと引き上げ、レディ城は急速に夜の静寂《しじま》を取り戻していた。

　ルークはようやく、ほっ、と息を抜いて、夜空を見上げた。

オリガ月がちいさく、その炯々《けいけい》とした光を放っているけれど、ゼルク月が出ている夜空に比べるとやはり夜は暗くて――そしてそのせいで、見える星の数が多いように感じた。

ルークはその星々を見上げて、あえて、星を読もうと試《こころ》みた。この先のことが少しでも知りたかったからだ。

〈星見〉は難しく、アダク師でもしばしば星を読み間違える。ましてや、ルークの力ではなかなか読めるものではないのだけれど――でも、才能はある、と認められていた。

夜空に、ゼラフィン皇子の星をみつける。そのすぐそばにはルークの星もある。

（あれ……？　何だ、あの星は？　あんな星があったかな？）

ルークは、皇子の星の近くに見覚えがない微かな瞬きをみつけた。いや……その星は――光を放っているのだろうか？

ゆらゆらとしていて、まるで星の幽霊であるかのように見える。

（暗黒星……？）

いや……何だろう、確かにそこに星の存在は感じ取れるのに、目にはほとんど見えない。強い星がある。けれど――。

気になった。なんといっても、ゼラフィン皇子とルークの星のすぐ近くにある星だ、無関係であるわけがない。

「――ルーク、何をしてる？」

バルコニーで星を見上げているルークを、部屋の中からゼラフィン皇子が呼んだ。

出て来ようとするのを、ルークは押しとどめた。

「皇子、しばしお待ちください」

そして、すぐに〈リシンダの護り〉を呼んで、皇子の周囲に仕掛ける。小さな光の粒子《りゅうし》が、粉のように皇子の体に纏い付き、皇子は不思議そうにその光の粉を見渡した。

「用心のため、かい？　うん……あまりにいろんなことがあったからね」

「はい。お疲れでしょう、皇子。先にお休みくださ い、わたしはエルワンたちと話してから休みますから」

部屋に入る時に、エルワンからの伝言を渡されたのだ。伝えなければならないことがあるので、ケシャナ女侯爵が呼んでいる、と。

「ぼくも行こう」

ゼラフィン皇子が、そう言うのに、ルークは慌てる。

「いえ——殿下は先にお休みください。おそらく、ぼくひとりで……」

「——眠れると思うかい？」

弱々しくゼラフィン皇子に問い返されて、ルークは吐息をついた。

「……わかりました、相談します」

ルークは両手を胸の上に組んで印を結び、心の中でアリステルを呼んだ。

『——アリステル！』

案の定、返事はすぐに戻ってきた。すぐ耳元に聞こえるような声で。心の中に。

『なんだい、ルーク？』

『エルワンに伝えてくれ。ケシャナ女侯爵との今夜の面会に、ゼラフィン皇子殿下が立ち会いたい、とおおせになっておられる』

『——了解』

まもなく、アリステルからふたたび、声が聞こえてきた。

『エルワンは、それなら殿下にもお出まし願ってください、とのことだよ。エルワンは、殿下がお疲れではないか、と心配しているよ、大丈夫？』

……いや、確かに絶対、お疲れだと思うけれど、でも、この一月ほど皇子の性格を見てきて、たぶん、この分だとこの方は自分が戻るまでは絶対に寝ないだろうし、さらにその報告を聞いてから寝ようとするだろうから……それだったら、同行していただいたほうが寝る時間は早くなるだろう、という気がした。

「それでしたら、エルワンは、殿下にもお出まし願いたい、とのことです、皇子」

ルークは簡潔《かんけつ》に伝えた。ゼラフィン皇子はうなずき、そして、バルコニーに出てきて、ルークの横に立った。

星を見上げて——尋ねてきた。

「星を〈視て〉いたね。……どうだった?」

ルークは、もう一度、正体が知れない暗黒星を見上げた。答えず、ただ、口元を引き締めたルークの顔を見て、ゼラフィン皇子もまた、表情を厳しくした。

「よし。行こう、ルーク」

踵を返し、部屋へと戻るゼラフィン皇子の後について、ルークもバルコニーから部屋へと戻った。

すぐに、ケシャナ女侯爵からの遣いが部屋へと現れた。

そこは書庫に囲まれたケシャナ女侯爵の書斎とおぼしき部屋だった。

金色の麗《うるわ》しい長い髪を解き、緑色のローブを身に纏ったケシャナ女侯爵は、とても若々しい女性に見えたが、実際にはすでに数百歳であるはずだった。彼女もまた、魔力を持つ強い戦士であることはムアール帝国軍ではよく知られている。

その場に待ち受けていたのは、まだ武装を解いていないウルドラム将軍、それにエルワン、アリステル、ミリエルなどの魔法使いたちだった。
（ミリエル……！）

ルークは、しばらくぶりに会ったミリエルの姿に目を瞠《みは》った。ごく薄い金色で、ほとんど白く見えるような金髪に水色の瞳のミリエルは、幼い頃から大変な美少女だったけれど、今はすらりと背が高い清楚で儚げな外見をした美しい女性に成長していた。当然、ルークよりは遥かに今は背が高い。ルークと目が合うと、恥ずかしそうに少しだけ口元に笑みを浮かべた。

ケシャナ女侯爵は、恭しく腰を折り、ゼラフィン皇子の前に最高の礼を示して敬意を表した。

「ゼラフィン皇子殿下、殿下をこの城に迎えられて光栄でございます。けれど、我が領地で皇子殿下が闇と魔の危難に遭われたこと、お恥ずかしく思います。まずは心よりのお詫びを」

「いや――大事はなかった。ルークもいたし、的確にぼくを護ってくれました。そのことはもうおっしゃらないでください。

それよりも、この事態に今後、どう対処するか、のほうが大切なことです、ケシャナ女侯爵」

ゼラフィン皇子は穏やかに答えた。

ケシャナ女侯爵は、ちらり、とエルワンのほうに視線を流した。それからエルワンとうなずき合うと、ゼラフィン皇子とルークを真正面に見据えて、言った。

「エルワンから、街道で皇子殿下とルーク殿がご覧になった、〈闇の儀式〉の犠牲になったと思われる少女の霊と、その少女が告げた名前のことを聞きました。その霊が皇子殿下を呼び、ルークという魔法使いに対して、ディルフェカ、という名を告げた、と」

深く、一息を吸い込んでから、ケシャナ女侯爵は目を伏せ、押し殺した声で言った。

「おそらく、その犠牲になった娘は、街道をゼラフィン皇子殿下が通られるのを知っていて、待ち受けていたのだと思います。

ディルフェカは、わたくしが後継者と定めた娘、自分の娘のように育てた身内の娘で、正確に言えば、わたくしの甥《おい》の娘です。甥は早くに亡くなり、ディルフェカは素質の良い娘だったので、わたくしが引き取りました。

その娘が、一緒に育っていた乳母《うば》の娘とともに行方知れずになったのが、十日前のことです。殿下のお話を聞いて、乳母には、すでに娘の命は絶たれたであろうことを伝えねばなりませんでした。

誰の仕業であるかは、大体の検討はついています。これもまたお恥ずかしいことですが――身内の者が関わっていることでしょう。わたくしがディルフェカを後継者としたことを不満に思っている者がいるのです。ですが、まさかそこまでのことをするとは――。あまりに愚《おろ》かなことです。

そして、殿下のお命が狙われたことについても、おそらく、その者が関わっているのはまず間違いないかと」

ケシャナ女侯爵の声は苦渋《くじゅう》に満ちていた。

一瞬、ゼラフィン皇子にしてもルークにしても、絶句してしまって、答えるべき言葉を持たなかった。

ようやく、ゼラフィン皇子がためらいがちに口を開いた。

「そうですか、ディルフェカという名がどなたのものであるのかが早くにわかって良かったですが、それは――。

わたしがあの娘の訴えに気がついたのは、偶然の出来事ではなかった、ということですね。

その時の状況については、ルークから話してもらったほうがいいと思います。

〈闇の儀式〉の犠牲になった、その乳母の娘さんの魂については、ルークが浄化を行ったはずです。……

そうだね、ルーク」

「はい」

ルークは前に出て、ケシャナ女侯爵の前で丁寧《ていねい》に礼をしてから、答えた。

「初めてお目にかかります、ケシャナ女侯爵閣下《かっか》、お噂はかねがね――。

まだいたいけな年頃の娘であるようなのに、彼女は必死で訴えてきました、ディルフェカ、という者を助けてくれ、と。わたしが聖なる言葉と印を与えましたし、ああして魂だけで迷い出てきていたからには、浄化には効果があった、と思われます。

おそらく、そうまでも必死で訴えているからには、まだ、ディルフェカ殿は〈闇〉の犠牲にはなっていないのではないか、と思われます。お助けする余地はあるかと」

「そうであればいいが。だが、もし、ディルフェカが犠牲になったとしても、それはそれでやむをえまい、とわたしは思っている。ただ――ディルフェカは素質がある娘だ、と言いましたが、つまり、あの子には〈力〉があったのです。ですから、それが〈闇〉に利用されないか、とそれだけが心配なのだが――ルーク殿」

ケシャナ女侯爵は、じっとルークの目をみつめてきた。

「わたしも、あなたの噂は聞いている、ルーク殿。ここでお目にかかれるだろうと思っていたけれど――本当にお会いできて、嬉しい。あなたが成長することを、誰もが楽しみに待っていた。アダク師から、あなたのことを何度、聞かされたことか。

今度のことも、ルーク殿、あなたがゼラフィン皇子とともにおられる、と思えば、心強く思っているのです。よろしく、頼みますよ」

ケシャナ女侯爵の視線があまりに真摯《しんし》なものだっ

たので、ルークはいつものようにおどおどと目を逸らすこともできず、ただ口を噤《つぐ》み、黙ってうなずくことしかできなかった。

ケシャナ女侯爵は次にゼラフィン皇子をまっすぐに見て、厳しい顔つきで言った。

「ゼラフィン皇子、あなたはこれから、父上のリゼク皇子、叔母上であるアムディーラ皇女、サファリナ皇女に会われて、さらにはオカレスク大帝陛下に会われることと思いますが、その際、このケシャナの言葉として是非、伝えていただきたいことがあるのです。お願いできますでしょうか？」

「は……はい、わたしで伝えられることがあるなら」

ゼラフィン皇子は答えた。

すると、ケシャナ女侯爵の眼差しはさらに鋭くなった。強い口調で、彼女は言った。

「オカレスク大帝陛下にお伝えください——貴方は、急ぎすぎている、と。大帝陛下の進軍たるや、その勢いは素晴らしく、貴方の行く先を遮る魔はもはやいないかもしれない。けれど、あなたは足下をもう一度、見て欲しい、とケシャナが申していたと。

帝国軍の戦線は拡大しすぎています。補給線は確かに途切れてはいないかもしれませんが、間延びした戦線は点と点とに途切れ、とても危うい状態にあります。このままでは、取り返しがつかない大きな破綻《はたん》が訪れるのは必定《ひつじょう》です。

大帝陛下はそのことにはお気づきとは思います。ですが、事態の深刻さにまでお気づきかどうか——この危うさに耐えられなくなってきているのはわたくしだけではないはずです。

どうかお伝えください。この大地すべてを我らの地ハラーマにしたいと思《おぼ》し召《め》すならば、闇を打ち破ることだけではなく、人の心から魔と闇を取り払うことも考えなければなりません、そして闇に馴れた心に光を宿す作業のほうは、一朝一夕《いっちょういっせき》では済みません。刻《とき》が、足りないのです。どうかそのことに気付いて、しばし、振り向いてくださいますように」

言葉には気迫があり、ゼラフィン皇子を前に、オカレスク大帝陛下その人を前にしているかのような強い響きがあった。

ルークがケシャナ女侯爵の言葉に何も言えずにうなずいてしまったように、ゼラフィン皇子も佇んだまま、しばし、無言になった。

それから、深くうなずいて、答えた。

「わかりました。大帝陛下には伝えます。それに——戦場でお会いするだろう、父上と叔母上たちにも。

そのためにも、まずは無事に父の許に着かなければなりませんね、ぼくは」

すると、ケシャナ女侯爵は婉然《えんぜん》と微笑んで、皇子へと告げた。

「ゼラフィン皇子殿下。今回の街道でのことは、わたしめの領土における不祥事からなる不手際でお詫び申し上げるしかありませんが、正直のところ——道は平坦ではありませんわ。それはお覚悟召されませ。

この時期に、皇子殿下がオカレスティを離れられることは賢明ではない、と、将軍たちは皆、大帝陛下には反対の意見を申しましたし、リゼク皇子殿下にしたところで、あまり賛成なさってはおられませんでした、それはご存じと思いますが——。

それでも、ウルスラ妃の願いを受けて、リゼク皇子殿下はあなたの出陣を許されたわけですが、将軍たちが難色を示したのは、どの将軍たちも、道中の安全を完全に保証することは難しい、と考えたからです。魔は、生やさしい敵ではありません。

ですが、わたくしはさほどそれを心配してはおりません。

それでも、あなたさまはオカレスク大帝陛下のお血筋の皇子、だからこそ、その生やさしくはない魔をも退ける力をお持ちのはず。……信じております。

どうか、ご無事に父君の下へ。リゼク烈皇子殿下は常にオカレスク大帝陛下の傍らで、百人千人の戦士にも等しき働きをなさっておいでですが、頼もしき味方を常に必要としておられます。父君を助けて、そしてアムディーラ皇女、サファリナ皇女に並ぶオカレスク皇家の新しき支柱《はしら》となられることを帝国軍全軍が待ち望んでおります。どうか――」

「はい、そのことは……わかっています」

少年は、ケシャナ女侯爵の言葉を引き取って、答えた。しっかりとした声で。

すると、ケシャナ女侯爵は安心したように微笑んだ。

「――お会いできて光栄でした、殿下。では、今宵《こよい》は我が城にてお休みくださいませ。今宵の安全はこのわたくしが保証させていただきます。お休みになる前に、殿下とこのようにお話しいただく時間をいただきましたこと、ケシャナは生涯、忘れません」

そう言うと、ケシャナ女侯爵はゼラフィン皇子の前に跪き、少年である皇子の手を取ると、その手の甲にそっと口づけをした。

2、闇からの手

「お前は、あの方の話をどう思った、ルーク?」

寝台の中へと入りながら、ゼラフィン皇子はルークにそう話しかけてきた。

ルークも、同じ部屋の、皇子の寝台の脇に置かれた小さな寝台へと入って、応えた。

「はい――その、どう……と申されましても」

ケシャナ女侯爵は、オカレスク大帝の遠征に、初期の頃から同行しているとても古い廷臣《ていしん》のひとりだ、と聞いている。

このレディの地はケシャナ女侯爵の古くからの所領であり、かつては闇との契約が普通に行われていたこの土地をオカレスク大帝の力を借りることで悪習から絶ちきり、今の体制にしておよそ百年余りが経っている――という。

「父上には、ケシャナ女侯爵が今夜、話された言葉を伝えるべきかな？」

「それは――お伝えになっても何の問題もないと思われます。帝国軍の将軍たちの間では誰もが囁いていることですから。

ケシャナさまがあらためて進言なさることに意味はあるでしょうけれど、特に新しい問題ではありませんので」

ゼラフィン皇子の問いに、ルークは答えた。

そう……今、始まった問題ではない。オカレスク大帝陛下は、ハラーマの事業を急ぎすぎる。

オカレスティで、光に満ちた大地を見た後では、ルークも皆の不満はわかるような気がする。――何も先に進むことに急がずとも、まずは確保した大地を確実に聖化していくことに力を注ぐべきではないか、と。

進軍に次ぐ進軍で、帝国軍は常に疲弊《ひへい》している。けれど、オカレスク大帝は聖化した土地に安穏《あんのん》とするのをよしとせず、常に新しい戦いへと出向いて行ってしまう。そして、それに従って、リゼク皇子とふたりの皇女も最前線に行ってしまうので、オカレスティにはいつもレイク皇子しかいない、という状態が続いているのだ。――ゼラフィン皇子もミシャーラ皇女も、だから、父の姿を見たことは、生まれてから何度もない。

オカレスティが建設された初めの、レイク皇子がまだ幼かった頃、オカレスク大帝はオカレスティにおいて統治を行ったことがあった。その頃はムアール帝国にとっては今の盤石《ばんじゃく》な体制の基礎を築いた時代で、繁栄はめざましく、今も人々はその時代のことを話す。

「オカレスク大帝陛下にはオカレスティにお戻りいただきたい、というのは、誰もが思っていることです――口に出して言う者はあまりいないでしょうけれど。ケシャナ女侯爵だから、あえてそのことをゼラフィン皇子への伝言という形にしても言えるのです。

闇との戦いを、リゼク皇子やアムディーラ皇女、サファリナ皇女が続けられることについては、民たちにも異論はないかもしれません。ですが、ムアールの民らは、オカレスク大帝陛下にはオカレスティにいらしていただきたいのです――けれど、大帝陛下のお考えは違います」

ルークの答えを聞くと、ゼラフィン皇子は首を傾げて、寝台の上で半身を起こしたまま、しばらく、考え込んでいた。そして、ぽつりと言った。

「ぼくも、一度もオカレスク大帝陛下には会っていただいたことがない。ぼくが生まれてからは一度も、陛下はオカレスティにお帰りではないものね。ぼくは、それは当然のことなのだと思っていたのだけれど――。

でも、考えてみれば、オカレスティには、大帝陛下の大切な御子であるレイクお祖父さまもいらっしゃるのだよね。大帝陛下は、息子と会われなくても寂しくはお感じにならないんだろうか？」

ルークには、その声には少し、寂しさが混じっているように感じられた。

(父上のリゼク皇子は、ぼくと会わなくても寂しくは感じられないのだろうか――)

なんだか、ゼラフィン皇子の言葉は同時に、そんなふうにつぶやいていたように感じられた。

それから、ゼラフィン皇子は寝台に身を横たえ、まもなく、寝息が聞こえてきたので、ルークも寝台に身を埋めて、眠りにつくことにした。

眠る前に……刹那《せつな》、ルークの脳裏に、あの沼地で会った死霊の少女の姿が蘇った。

『でぃるふぇか、たすけて、早く――』

少女の声が、不意に、脳裏に響いた。

あの少女は、攫《さら》われたケシャナ女侯爵の姫君と一緒に連れて行かれた乳母の娘だったのか、と疲れた頭で考える。

『わかった。助ける』

そう約束した自分の声も、不意に、蘇った。

(――約束したのに……)

でも、どうしようもないじゃないか――。ディルフェカという少女の素性はわかったけれど、どこにいるのかはわからない。そして、ゼラフィン皇子をお守りすることが何よりも優先する事柄であるのだから……。


(ディルフェカ――)

彼女は今……どこにいるのだろう――？


……闇に、溺《おぼ》れる。闇が、纏わりついてくる。そして、恐怖に囚われる。

『闇を、恐れるな！　闇は、この地のどこに行ってもある。光と闇は常に対のものだ、闇もまた、体に取り込み、それを己の中で光とすることで、人は生きていける。

お前の欠点は、過度に恐れることだ。恐れることは悪くないが、恐れすぎることはよくない。お前が恐れる必要があることは少ないはずだ――』

……少女の歌声が聞こえる。

か細く、弱い歌声だ。

彼女は闇の中にいて、膝を両手で抱え込んでいる。

そして、歌っている。その歌声は、時々、泣いていいる声で曇る。

幼い仕草で頰に流れ落ちる涙を手で拭っている。

『怖くないもの……』

少女は歌を中断し、小さく、そうつぶやく。そして、また、細い声で歌を歌い出す。

闇に染まったような漆黒《しっこく》の髪をした少女で、長い黒髪が少女の体を覆うように肩から背中へ、そして少女が座る石の床へと流れ落ちている。

足音が聞こえる。少女の周りで、何かが踊っている。

神々へと献げる踊り——幾つもの黒い足が床を蹴り、ステップを踏む。

しゃん、と音がして、鈴が鳴らされる。

座り込み、歌を詠《うた》う少女の周囲で、闇の使徒たちが踊っている。

裸の足——その足音は密やかに、でも軽やかに、少女を囲む。

『——闇を、恐れるな』

それは、アダク師の声だ。

『……怖くない、怖くないわ——』

少女は、自分に言い聞かすようにつぶやく。

そう、怖くはない。闇を恐れてはいけない。闇を受け入れ、取り込み、そして闇を光へと——。

あんな小さな少女でも、それを知っている。恐れれば恐れるほどに、闇は濃くなり、そしてその恐怖が人を堕落《だらく》させていく——。

誰かが、笑っている。

笑って覗き込み、観察している。

（……誰、だ？）

壁に、闇の使徒たちの踊る影が映る。そして、その影の合間に顔が見える。

それは、見知らぬ少年の顔だ。黒い肌の少年。

神の、匂いがした。——そう、それは、匂い、と表現するのは一番近い感覚だ。

ルークにはわかる。そこに神がいる時には……。

神々は森羅万象《しんらばんしょう》の中に潜んでいる。神々の力は、ありとあらゆるものの中に遍在《へんざい》している。

光、水、闇、恐怖、人の感情、岩、建物、石、森、獣たち、神がそこにいないものはこの世には無い。無いものにも神々は在るのかもしれない。

けれど、強い神はそうした神々とは違って、力の偏《かたよ》りの中に存在する。だから、それらの神々には匂いがある。独特の濃い臭気ともいうべきものが。それを感じると、じわり、と恐怖が体に染み通る。けれど、その恐怖は克服しなければならない。その恐怖を克服しなければ、神々には近づけない。

神の、顔が見える。

神は笑っている。そして、見ている——。

……燭台の炎が揺れている。けれど、その光が照らすところにはそれはない。

その豪華な四柱寝台には見覚えがあった。それはたぶん——。

（ゼラフィン皇子がお休みになられた寝台だ……！）

真珠《しんじゅ》色の凝《こ》った刺繍《ししゅう》で飾られた絹《きぬ》の敷布《しきふ》が見える。そして、金色の髪——ウルスラ妃譲りの、見事な美しい髪と、オカレスク大帝陛下によく似た面差しの、精緻《せいち》で端整な顔の少年。

〝それ〟——はオカレスク大帝の血を引く少年の顔を覗き込む——。


……ルークは、寝台から飛び起きた。

「——何者だ！」

震える声で、叫ぶ。

手の下には、魔法書がある。そしてもう片方の手には杖が。

ぐっすりと眠りに落ちているゼラフィン皇子の上に覆い被さるように、不自然な黒い闇がある。そう

――人の形をした闇が。

それが、こちらを見た。

人の形をした闇がこちらを見ると、そこは真っ黒な空洞で顔も表情も何も見えないように思える。けれど、にやりとこちらを見て笑ったのがルークにはわかった。

ルークが杖を差し上げる前に、闇はぐにゃりと実体を失い、影になって、すすっ、と寝台の上から床へと移り、壁へと移動する。ルークは寝台を飛び出して、壁沿いに〝それ〟を追った。

すると、壁に映る影となった〝それ〟は次第に判別できる人の姿に変わり、まるで影絵のように黒い肌の少年の姿をルークに見せて笑いかけつつ、窓へと移動していく。ルークが走ってそれを追うのを嘲《あざ》笑《わら》うかのように。

窓のすぐ近くの壁まで来て、まるで気紛れを起こしてルークをからかう気になった、とでもいわんばかりの態度で、〝それ〟は静止した。

口が動いた。

それは、話しかけてきた。

『よくわたしがいるのに気がついたな、お前は。褒めてやろう、グルク』

――自分の名前が相手に知られていることに、ルークは恐怖とともに焦りを感じた。

これは、古き神だ、それはルークにもわかる。闇の神のひとりだ――けれど、名が、捕らえられない。かなり強い神だ。

すると、そうしたルークの焦りを知るかのように、〝神〟はまた、笑った。

『心配するな、わたしはお前の大切な皇子には手を出さぬ。そんなことのために来たのではない。たまには、やつの眷属を見てやろうと思って、少しばかり見物に来ただけさ。

わたしは、あいつに、あいつの血を引く者には手を出さないと約束した。だから、あの皇子には手を出さない。――だが、わたしが手を出さなくとも、わたしの仲間は多くいるからな……』

「――あいつ?」

ルークは、問い返した。すると、また、〝神〟は笑った。

『あいつはあいつさ。お前たちが――オカレスク大帝と呼ぶやつだ』

オカレスク大帝と……何か取引を?

この〝神〟が、ゼラフィン皇子に危害を与えるつもりはない、というのは本当かもしれなかった。もし、危害を与えるつもりなら、とっくに与えているだろう。そして、ルークにはそれを防げなかった

――それが、ルークに、恐怖を与える。

ルークはこの闇の〝神〟の侵入を許してしまったのだ!

『そう嘆くこともないさ。その程度の自分への失望なら、これから山ほど味わうことになるだろう、グルクよ。すでに始まっていることは多い。

わたしはむしろ、お前たちの味方、と言ってもいいかもしれない。こうして始まりつつあることに警告をしてやっているのだからな。いや――かといって、もちろん……』

にやり、と古き闇の神は大きく口元を歪ませて笑った。

『わたしはお前たちで――娯《たのし》ませてもらうことにするがね』

その時、ルークはその〝神〟の額に、三つめの〝目〟があることに気がついた。三つ目の闇の神――その名は?

不意に、〝神〟の影の姿が壁の上で大きくなった。見上げるほどに。その頭は天井《てんじょう》にまで届き、その顔は今や天井から嘲笑うように笑いかけていた。

紅い長い髪、青黒い肌、そして胸には女性の膨ら

みのようなものがあり、男性とも女性とも判別がつかない……力強い男性的な筋肉がついた手足が見えて、その巨大な暗い影がルークの上に落ち、そして……！

「……ルーク？」

皇子の寝台のほうから、呼ぶような声がした。はっとしたルークがそちらへと目を向けたその瞬間に、〝神〟の気配も、また、消えた。

（――いなくなった……か？）

なんという強い〝神〟だ！　ルークは舌打ちした。あれほどに気配をまったく感じさせずに侵入し、そして、去るという気配すらなく、消え失せる。

よくわたしがいるのに気がついたな、と言っていたな、と〝神〟が残した言葉を、ルークは反芻《はんすう》した。つまり、あいつはぼくに気付かれずに侵入し、ぼくに気付かれずに去る自信があった、というわけだ。

気になることも言っていた。オカレスク大帝陛下と約束しているから、大帝陛下の血筋の者には手を出さない、と。つまりは、大帝陛下と契約を交わしている〝古き神〟だというのか？　確かに、大帝陛下ならそういうこともあるだろう――あの方ほどの大魔法使いは、今、このハラーマには他にいらっしゃらないのだから！

「ゼラフィン皇子――ここにおります」

ルークは、ゼラフィン皇子の枕元へと駆け戻った。自責の念が、ルークの心を蝕む――あの〝古き神〟が皇子に害を為そうとしていたら、ぼくはそれに気がつかずに皇子を守ることができなかっただろう。

（やはり、ぼくではこの役には不足なんじゃないのか？）

ゼラフィン皇子は、寝台の上で体を起こして、目を擦《こす》っていた。

「ルーク。……気懸《きが》かりな夢を見た。少女の夢だ。――歌っていた」

ゼラフィン皇子は、ルークを見ると、そう告げた。

……少女？

「ぼくも、その少女の姿を夢で見たような気がします。黒い、長い髪の少女ではありませんか？」

ルークが言うと、ゼラフィン皇子は驚いた顔をした。そして、唇を噛み締めて、言った。

「ぼくらに、訴えてきている、ということだね、それでは。同じ夢を見たのなら。

ディルフェカ姫……だろうか？」

「はい――おそらく。明日の朝にでも尋ねてみましょう、ディルフェカ姫がどのようなお姿の姫君であるのか」

ケシャナ女侯爵は見事な金髪だが、その身内の娘も金色の髪をしているとは限らない。

（もしかしたら、あの〝古き神〟は、この〝夢〟を見に来ていたのか？）

ふと、そんなふうにルークは思った。


「ルーク。イヤな感じがする。窓から外を見てくれないか？」

さらに、ゼラフィン皇子は目を擦りながら、そうルークに頼んだ。

「はい、殿下」

……確かに、夜の闇が不穏な空気で重くなっているのが感じられた。この地方では、何かが起こりつつあるのではないか？　そんな予感がひしひしとした。

ルークは皇子に命じられたように、窓からバルコニーへと出て、外を見た。

レディ城の城壁の上には篝火が赤々と焚かれ、夜の闇からこの城を守っている。城壁の上には衛兵たちが立ち、抜け目なく城を外部から守るために目を光らせ続けているのが見える。

そして、城壁の向こうには深い森が広がっている。地平線まで続く闇の海、そしてその上にはオリガの月があり、星空が頭上を覆っているが――。

(あれは……何だろう?)

森があるはずの闇の海の中に、ぽつ、ぽつ、と五カ所ほど、火の炎のようなものが立ち上っている場所があるのが……見える。まるで、このレディ城を包囲するように。

もしかしたら、その炎は、この城を守るためのものかもしれないが、闇を焦がすその火の色は不気味に感じられる。

星空を見上げると、ゼラフィン皇子とルークの星の近くにあるあの暗黒星は、やはりゆらゆらと奇妙なごく淡い光を放ち、けれど、存在感はますます増していた。

ルークは、必死で神経を集中させて、何かの気配がないか、兆候がないか、を探った。何が起こっているのか、その具体的な事柄をたぐることが出来る端緒《たんちょ》になりそうな事柄がみつけられないかと。けれど――虚しく、投げかけた釣り糸は何の成果もなく空を掻いてもがく。

ゼラフィン皇子が寝台から出てきて、窓辺に立った。自分の身柄をわきまえている皇子は、用心してバルコニーには出てこようとしない。カーテンの影から外を見はらして――小さく、ため息をついた。

「戻っていいよ、ルーク、すまない。休もう。ぼくらは休まなければならない。

だんだんわかってきたよ、ぼくは本当に甘い環境で育ってきたんだ、ということがね。

母上はよく、ぼくにおっしゃっていた、オカレスティで育ったぼくは、外の世界を知らない、と。母上のお言葉が確かであることが少しずつ、わかってきたよ。

母上は、ぼくは父上の跡を継ぐべき皇子でなければならない、とおっしゃられた。大帝陛下の右腕である、闇と魔の世界を切り裂く強い刃になり、民を安んじられる強い皇子となれ、と。

ぼくは、そうなりたいと思っている。思っているけれど――なれるだろうか？」

そう尋ねてきたけれど、ルークはそれが自分が答えるべき質問ではなく、皇子が自分自身に問いかけている疑問だというのがわかった。

ルークもまた、いつも、その問いを自分に投げかけているから。

ぼくは、なれるだろうか――オカレスク大帝陛下の期待に応じられるような、この皇子を守り切ることができる魔法使いに？

3、長く平坦ではない道程

『これ以上に安全な道？　無いよ！　あるわけがないだろう？　コフィーへと続く道は、どの道を取ったって魔物だらけさ、このレディの地を通る道が一番、安全で確実に決まっている。なにしろ、ケシャナさまがここを守っていらっしゃるんだから。
ただ、それでも、このところの状況は悪くなる一方で――ケシャナさまがおっしゃるとおり、帝国軍の本隊が国から離れすぎているんだよ。防衛線が拡がりすぎて、どこも自分のところを守るんで手一杯で、兵が足りない。
一旦《いったん》、魔を平定したところでも、山火事の後の燃え残りの熾火《おきび》でふたたび山が燃え出すみたいに、魔が息を吹き返してくる。手に負えないよ』
――なるほど、これが一番、安全な道なのか。確かに、ゼラフィン皇子を無事に父君であるリゼク皇子がおられるコフィーまでへと送り届けることについては、帝国軍の将軍たちだとて最善の策を取るに違いない。もっと安全な道があれば、そちらを選ぶだろう。聞くだけ愚か、というやつだったな、とルークは頭の中に響いてくるアリステルの声を聞きながら、そう考えた。

見上げると、あのオカレスティからのここまでの街道でずっと晴天に恵まれ、輝いていた蒼穹はすでになく、どんよりと曇った灰色の空が広がっている。いつも見慣れている、あの空だ。

あの魔物と兵士たちを焼いた黒い煙のせいで、あの青い空は二度と帰ってこなくなったような……そんな沈んだ気持ちになる。

ゼラフィン皇子とルークの馬に続いて、今日からは、ミリエルも馬に乗って隊列に加わっている。ルークがエルワンに頼んだのだ——光と守りの魔法に長《た》けたミリエルを、ゼラフィン皇子の護衛として側に置いて欲しい、と。何かあった時に、すぐに対応できるように。

『何を神経質になっているんだい？　きみらしくないよ、ルーク——』

うん、自分でもそう思うんだ、アリステル、とルークは心の中で独り言のように答える。

レディの森は、静かだった。

人里から離れているせいで、街道には、それまでの道にいたように死霊たちの姿も少ない。そして、聖化された森には繁みから下草へと落ちる光のベールが幾重にも落ちていて、神秘的な美しさに満ちている。

その静寂の中を、馬の蹄の音と、武具が擦れて発する金属的な音だけが喧噪《けんそう》として響いていく。

（では、あの少女は誰だったんだろう……？）

ルークは、昨夜の夢の中で見た少女のことを考えた。

朝になり、ゼラフィン皇子とルークは夢の中で見た少女のことについて話し合ったが、まったく同じ少女のことを夢の中に見たのは間違いないように思えた。

暗い場所に閉じ込められ、歌を詠い続けている、膝を抱えている少女——時折、涙を拭いながらも、必死で恐怖と闘っている。その少女の周囲には見えない踊り手たちがいて、奇妙なステップを少女の周囲で踏んでいる。少女の髪は長く、その背を覆って、床にまで流れている。その髪の色は、黒い。つやつやと光沢がある、黒い髪の流れが暗闇の中に見える……。

その少女が、誘拐《ゆうかい》されたケシャナ女侯爵家のディルフェカ姫ではないか、とゼラフィン皇子もルーク も考えたのだが、今朝、レディ城を出る前にエルワンに確かめたところ、ディルフェカ姫は確かにとても美しい長い髪の持ち主だが、その髪はケシャナ女侯爵と同じく、見事な金髪であるそうだ。

いずれにしろ、ふたりとも同じ夢を見る、というのは、何かの符合《ふごう》であることは確かだろう。この先の旅のどこかに、その少女が関わってくるのか、それとも——？

ルークは、ゼラフィン皇子に、昨夜、寝室に侵入してきた闇の神のことを話さなかった。かの神の侵入を防げなかった自分の無能が恥ずかしかったせいもあるが、ゼラフィン皇子も初めてのさまざまな体験でかなり神経を張りつめさせていたので、無用に怖がらせたくなかったせいもある。

あの、古き〈神〉が、脅威《きょうい》となり得る可能性もある。また、あの神の言葉に何らかの欺《あざむ》きがあった可能性もないわけではない。神々は、しばしば、人を欺き、嘘をつく。けれど——あれほどに強い〈神〉であれば……。

（そう嘆くこともない。その程度の自分への失望なら、これから山ほど味わうことになるだろう……か——）

あの〈神〉の言葉を思い出すと、心の中で傷ついた自尊心と煮詰まりきったコンプレックスとが擦れ合って、疼《うず》く。

なんてぼくは若造に過ぎないいんだろう、と思う。この成長しない体のままに――ぼくは、まだまだ小僧に過ぎず、ああした強い〈神〉には対処すべき力もない。それなのに――どうしてゼラフィン皇子を守ることができるだろう？　最初から、所詮《しょせん》、無茶な話だったんだ、と思う……。

「ルーク……」

ミリエルが、後ろから声をかけてきた。

ルークが振り向くと、ミリエルは深く顔を隠すように頭に被っていた白いフードを片手でずらし、金色の髪を露にしつつ、気遣わしげに空を見上げていた。

すでに成熟した女性の顔をしたそのミリエルの美しい面《おもて》を見ると、ルークの心の中には、その美しさへの賞賛とともに、苦い気持ちが湧く。

ミリエルは美しく成長した。――ルークが最初に見た時、ミリエルはまだ弱々しい泣き声をあげる赤子に過ぎなかったが、それでも、その頃からとても愛らしい子供で、いずれは美しい娘に成長するだろう、と誰もが言っていた。

そして、その予想は外れず、ミリエルは光の神の恵みを受ける輝く娘になった――強い魔法使いに。

ミリエルは言った。

「何かが、おかしいわ、ルーク。あなたが、わたしに姿を現しても隊列に加わるように、と言った判断は正しかったかもしれない。

天候が崩れている――しかもこれは、何かが干渉しているわ」

ミリエルは馬を進めつつ、空をじっとみつめて、そうルークに告げた。

ルークも、空を見上げた。

そう……あの空が気になる。今のところ、灰色の雲が上空に渦巻いているのが見えるだけで、曇っていても薄日は射しているし、森の中の道も明るく、旅は順調に進んでいるように思える。でも、あの空に何か気懸かりなものを感じる。そして、この森にも。

森は静かで、平穏そうに見えるのだが、それはみせかけに過ぎない、という気がしてならない。どうしてそう感じるかはわからなくて自分でもいらいらするのだが。

このレディの森を通るのが、コフィーへと抜けて行くためには一番安全な道だという。ウィラ山脈の北麓《ほくろく》の端にあるこの森はかつては魔界だったけれど、聖化され、人が住める場所となってからの歴史も古い。確かに安全であるはずなのだが——。

「何が起こっているのだと思う、ミリエル？」

ルークは、不機嫌に尋ねた。

ミリエルは首を振った。

「わからない。ただ、この辺りは逆に——あまりに何の気配も無さすぎるわ。魔もいないのだけれど。でも、神々も魔も精霊たちの気配すら感じられない。鳥もいない。虫たちがいる気配も希薄だわ。まるで、何か……すべてのものが逃げて行っているように——」

「逃げて……だって？」

つまり、ここに何かが来る——ということなのか？

「……ルーク！」

その時、ミリエルが街道を囲む木立の中をいきなり、指さした。

ミリエルの指さす先を見たルークは、はっ、と息を飲んだ。

そこには白い馬に乗り、純白の美しい衣装を纏った貴婦人の姿があった。光のシャワーのように降り注ぐ木漏れ日の中に佇んでいる。あまりに眩しくて、そのせいで貴婦人の顔立ちは見えなかったが、それでも美しい貴婦人であるのは——その佇まいからわかった。

貴婦人は、木立の中からこちらをじっとみつめていた。そして、ルークとミリエルがその姿に気付いたのを知ると、馬首を返し、光の中を森の奥へと去って行く。

それが、人でないのは一目でルークにもわかった。おそらくは〈光の神〉。たぶん——女神リシンダだ。

「ルーク——！」

白いフードをすっかり後ろに下ろし、ミリエルは馬を止めると、叫んだ。

「皆を止めてちょうだい！　これより先に行ってはならない。リシンダの啓示《けいじ》だわ！

この道を行ってはいけない。ルーク、その道を行けば、わたしたちは滅びるわ。女神の啓示に従って、女神が馬を走らせて行った方向へと逃げるべきなのよ！」

ゼラフィン皇子がルークとミリエルの様子に気付き、後ろを振り返って、馬を止めた。

「ルーク、何事だ？」

慌てて、ルークは叫んだ。

「ゼラフィン殿下！　馬を止めてください。皆にも命令を。

——ウルドラム将軍！　アリステル、ウルドラム将軍とエルワンに伝えてくれ、進軍を一旦停止させてくれ、と」

『——了解』

アリステルの声が心の中に聞こえ、まもなく、号令の声が聞こえてきて、進んでいた騎兵たちの馬が次々に止まっていき、森に響いていた軍隊の喧噪の音が静まった。急に行軍を止められ、戸惑っている馬たちの嘶きが谺《こだま》のように聞こえてくる——。

「街道を外れるべきだわ」

ミリエルは断固として言ったが、ルークは顔をしかめた。

「いや、でも――街道を外れるのは危険だ。それはきみもわかっているだろう、ミリエル？」

「もちろん、わかっているわ、ルーク」

ミリエルはうなずいた。

「でも、そのことは女神もご存じよ。でも、あえて別の道を示された。〈光の神〉を信じるのよ、ルーク。わたしたちは破滅に向かっているわ。

ゼラフィン皇子がおいでなのよ！」

その時、その他ならぬゼラフィン皇子がこちらへと戻ってきて、言い争うルークとミリエルの様子を見に馬を寄せてきた。

「ルーク、何があったんだ？」

ゼラフィン皇子は、ルークに尋ねた。

ルークは黙ってゼラフィン皇子を見返した。

（ぼくは、この方をお守りしなければならない……！

それが、ぼくがこの世に生まれた、今も生きていられる唯一の価値なのだから）

自分に言い聞かせる。

すう、と息を吸って、周囲へと神経を鋭敏《えいびん》にし、何が起きているのかを探る。ゼラフィン皇子の身に迫っている危難があるのか？　それをぼくは見逃していないか？

ミリエルの言う通りだ――あまりに静かすぎる。今のところ、ここは静かで何も起こっていないし、怪しい兆候もない。だが、それなら何故、こんなにもここは静かなんだ？　森の中に棲む動物たちの姿は？　鳥たちは？

空を見上げる。曇った空だが、異変は見えない。だが、ここは森の中の街道で、空を見上げてもそこから見える空の範囲はとても狭められている――。

『アリステル！　翔んで、上空からここを見下ろしてくれ！』

ルークは、隠れて同行してきているはずのアリステルに頼んだ。

『了解！』

すぐにアリステルの返事が来る。黄金鳥ファナリックの恵みを受けるアリステルは、〈鳥の目〉を持っている。

ほどなく、アリステルが驚きの声をあげ、そして叫んできた。

『やばいよ——囲まれてる！　黒い雲が五方向から迫ってきている。……早い！』

隊列の先頭にいたウルドラム将軍とエルワンが馬を走らせ、ゼラフィン皇子とルーク、ミリエルがいる隊の中程まで戻ってきた。

「何だ、ルーク、何が起きた？」

馬から降りてきたエルワンは、その青い眼を鋭く光らせていた。とうもろこし色の髪を掻き上げ、黒のマントを背中へと投げて、胴色の大振りの水晶剣を片手で軽々と持っている。

「わかりませんが——何かがこちらへと向かってきています、この先を進むのは危険です。光の女神リシンダからの警告がミリエルに届きました」

ルークは、エルワンに告げた。

この隊についての指揮権は、ウルドラム将軍とエルワンが持っている。ルークに出来るのは助言だけだ。けれど、エルワンも、魔力についてはルークが他の誰よりも強いことを知っている。

「——わかった。どうすればいい？　それでは、レディ城まで引き返すか？」

エルワンのその言葉に、すぐにミリエルが反駁《はんばく》した。

「戻るより、街道を逸れ、リシンダが示された方向に進むほうが得策です。おそらく、街道は行っても戻っても危険です」

エルワンはミリエルをじろりと見て、それから、ルークを見て、尋ねた。

「ルーク、きみの意見は？　同じか？」

一瞬、ルークは躊躇《ためら》った。街道を外れる危険については、ルークもよくわかっている。この森が聖化されていると言っても、街道の聖化に比べれば、魔界ではない、というだけのことだし、街道すらが危ない、という状況においては、街道を逸れることは自殺行為に等しいかもしれない。

（……でも、あれも予兆だったのかもしれない――）

ルークは、昨夜の〈闇の神〉を思い出す。何故、あの古き神はゼラフィン皇子の寝室に忍び込んできたのか。

警告。

それは。あの〈神〉の言葉の中にもあった。

わたしはむしろ、お前たちの味方、と言ってもよいかもしれない。こうして始まりつつあることに警告をしてやっているのだから――あの〈神〉はそう言っていた。


「はい、ぼくもそう思います、ミリエルに賛成です。この街道に拘《こだわ》ることは、逆に退路を断つことになりかねない――そう思います」

ルークは言った。

エルワンは無造作にうなずいた。そして、ウルドラム将軍を見た。

ウルドラム将軍は苦い顔をしていた。けれど、行動は早かった。

「密集隊形に再編せよ。森に入るぞ――急げ」

さすがにゼラフィン皇子の親衛隊に選ばれているだけあって帝国軍の騎馬隊の兵士たちは訓練をされていた。号令一下、すぐさま菱形《ひしがた》の隊形に形を変えて、ゼラフィン皇子たちを中心にして街道から躊躇わずに森へと入っていく。

ミリエルが、リシンダが示した方角へと部隊を先導した。

森は奥へと入って行っても、変わらず、しん、としている。街道近くに森の喧噪がないのはある程度わかるにしても、やはり、これはおかしい。魔の気配もしない。

先頭を進む者たちが剣を抜いて下生えや小枝を払っていくけれど、どうしても部隊が進む速度は街道を行くことに比べれば遅くなる。

森に入ってしばらくすると、みるみるうちに頭上の空の雲行きが怪しくなっていった。

黒雲が——流れてくる。

「風が……！」

ミリエルが声をあげた。その次の瞬間、強い突風《とっぷう》が森の中を走り抜けた。まるで、巨大な鎌《かま》が森の木立ちの間に振り下ろされたように。

馬の悲鳴のような嘶きが響き渡った。風に煽られて木に激突し、落馬する騎兵たち——！

「……皇子！」

ルークはとっさに手を伸ばして、すぐ横にいたゼラフィン皇子の馬の轡《くつわ》を掴み、そして、風を防ぐ魔法を唱えた。それでも、風がマントを翻し、捲《まく》れあがる。

暗くなる。空から漏れ落ちていた薄日が黒い雲に遮られ、やにわに夕暮れのように辺りが暗くなった。昼日中だというのに。

同時に、何かが頬を打った。

（……雨、か？）

頬に濡れた感触に、ルークはとっさにその場所へ手を当てた。ぬるっ、とした感触があり、手を見ていると……手のひらが濡れて、そして、微かに黒く染まっている。

（黒い雨だ——！）

何か、その雨水の色が不安を呼んだ。何故、そんなに黒い色が手につくのか？

「ルーク！　あちらよ……！」

ミリエルが叫んだ。

見ると、確かに暗い中に薄ぼんやりとした光が見える。ちらちらと誘うように。

光の方向へと馬を走らせていくと、やがて、森が断崖によって切断されている場所があり、その断崖に巨大な洞窟《どうくつ》が口を開いていた。

洞窟の奥には黒い闇がある。だが、馬が四、五頭は並んで入れそうな洞窟で、奥まで続いていそうに見えた。

雨の勢いが増してきていた。

「中に入りましょう、将軍――この雨は、避けたほうがいい」

ルークは、ウルドラム将軍に言った。

ここは格好の避難場所であるように思えた。

4、黒い雨

ゼラフィン皇子を守る二百騎ほどの親衛隊の騎士たちがこの巨大な洞窟の中に待避した直後に、黒い雨は凄《すさ》まじい勢いの豪雨となった。

真っ黒い雨が滝のような勢いで降り続ける。手を差し出すと、すぐに、手のひらにはインクのような黒い水が溜まる。どう見ても普通の雨ではなかった。

洞窟の内部は鍾乳洞《しょうにゅうどう》になっていて、天井は高く、奥へと入ると、まるで野外にいるのと同じくらいの広さがあった。

松明を掲げて周囲を見ると、おそらくはもともと自然にこうした鍾乳洞があったのだろうが、人が手を加えて内部を通路のように整備している様子がある。

「ここは――〈神〉を祀《まつ》ってある聖地か、ルーク？」

ゼラフィン皇子は尋ねてくる。

「はい……そう、だと思います。ゼルクの神ではなく、古き神を祀ったものですね、たぶん――」

ルークは答えた。こうした森の中にある祭祀《さいし》場がゼルク神のものであることはあまりない。精霊たちか、あるいはこの土地の古き神が祀られていたものだろう。

人が祀ったのだから、それほど人に敵対的な神ではないかもしれないけれど、このレディの地や森はケシャナ女侯爵が統治するようになってからは古き神々への信仰は忌まれるようになっている。人が崇《あが》めなくなったことで、この古き神がどのようになったか、それを思うと用心が必要だ――。

「リシンダが導いたのです、ここにいても、それほど悪いことは起こらないと思います。でも、気になるのは外で降っている雨のことですね――」

ミリエルが怯《おび》えた表情で、そう、囁いてくる。馬には、今はアリステルも乗っている。ゼラフィン皇子とその護衛の親衛隊がこの洞窟に入ってきた時に、アリステルも森からこの洞窟の中へと逃げ込んできたのだ。

洞窟の中には、逃げ込んだ部隊の出す馬の嘶きや微かな話し声、武具の擦れる音が鍾乳洞の中を反響するばかりで、その音も高い天井に吸収されるせいで、とても静かだった。――けれど、雨の音はどこからか聞こえてくる。おそらく、この鍾乳洞の高い天井のどこかに地表に繋がっている割れ目があり、そこから雨水が流れ込んできているのだろう。

ルークは、感じた。何かが、捜している。そして、怒り狂っている。たぶん……あの黒い雨だ。

あのまま街道にいて、この黒い雨の下に晒されていたらどうなっていただろう、と思うとぞっとする。あれが何か禍々《まがまが》しいものであったのは今は明らかであるように感じられた。

「……ぼくを、狙っているのか?」

ゼラフィン皇子が、緊張のため、怒ったような顔に見える表情で、ルークにそう訊《き》いてきた。

まだ十五歳であるゼラフィン皇子の顔つきは、ほんのこの二、三日で、オカレスティにいる時と変わってきたように、ルークには思えた。

「はい、殿下」

これは、確かにゼラフィン皇子を狙っての攻撃だ。間違いない。

街道での魔物の攻撃、そして、この黒い雨。

雨が去るまで、この鍾乳洞の中で隠れ続けるか——だが、雨は何日降り続けるかわからないし、ここには二百もの兵がいる、補給もないのに、長くはいられない……。

鍾乳洞の中には曲がりくねった螺旋《らせん》状の細い道が続いている。人工的に作られた道であることは確かで、この先にはおそらく、神殿があると思われた。

「……ルーク、来てくれ！」

洞窟の奥へと進む部隊の先頭のほうにいるはずのエルワンの声が響いた。隊列の動きが停《と》まっていた。

どうやら洞窟の奥に何かみつかったらしい。

ルークがそちらへ向かおうとすると、ゼラフィン皇子も来ようとするのにルークは困って、馬の足を止めた。

少し考えて、馬から降りると、アリステルとミリエル、それにこの洞窟内に入ってからは、ゼラフィン皇子の傍らにぴったりとついているウルドラム将軍に言った。

「ゼラフィン皇子、ここでウルドラム将軍とともにいらしてください。この先に危険がないかを見てきます。

アリステル、馬から降りて、皇子の馬の轡を取ってくれ。何かあったら、ぼくの代わりに皇子を守れ、頼む。

ミリエル、ぼくと一緒に来てくれ。様子を見に行きたい」

ミリエルはゼラフィン皇子の守りに置いていくべきか、と思ったが、この鍾乳洞の中は安全そうに思えたので、進路を決めるのに、この洞窟へと導いてくれた〈リシンダ〉の守りがあるミリエルの意見を聞きたかった。

　馬を足踏みさせたり、中には降りたりしている騎兵たちの脇を通って、ミリエルとふたりで鍾乳洞の中の道をよじ登っていく。

　やがて、道の上のほうで何かを見下ろしているエルワンの姿が見えた。

　ルークとミリエルが近づいていくと、エルワンは振り返って、脇に退《の》いて、ふたりに目の前に広がっている風景を見せた。

　――なるほど。エルワンが判断に迷ったのもわかる。

　どうやら、たぶん、そこは昔、何かの儀式に使われた場所なのだろう、鍾乳洞の天井が円く切り取られたようにぽっかりと空に向かって開いていて、そこに黒い雨が滝のように降り込んでいる。

　その円形の広間の周縁には細い柱廊が巡らされていて、そこには屋根があって、通路は水に濡れていないが、とても狭く見える。たぶん、馬一頭がやっと通れるくらいだろう――人間だけなら楽に通り抜けられるが。

　そして、その向こう側には、また、ぽっかりと洞窟が空いていて、向こう側にも広場のような空間が見える。入り口には、風雨に晒されて削り取られ、どうなっていたかは判別が難しいが、何か意匠《いしょう》の浮き彫りの飾りがあった痕跡があるし、奥の広間には建造物らしきものが見える。おそらく……その先が神殿だろう。

「ぼくらで、あそこが安全な場所であるかどうかを見てきます。ミリエル、行こう」

　ルークはエルワンにそう告げ、ミリエルを促した。

　松明を持ち、下へと降りていって、雨が降り込んでいる空に開いている広間のぐるりを巡っている通路へと足を踏み入れる。

黒い雨が、水のカーテンのようにすぐ脇に降り込んでいる。豪雨の勢いは衰《おとろ》えていないようだ。

「この雨に触れないで、この通路を抜けられるでしょうか、ルーク。ここはかなり狭い――」

耳を聾《ろう》する雨音の中、ミリエルが怒鳴るようにして、不安げに言った。

「先に人を通して、それから、馬を連れて往復するようにするしかないね。時間はかかるだろうけれど。馬は、必要だろう」

ルークは怒鳴り返した。

方角からすると、この鍾乳洞を抜けていけば、レディの森を抜け、コフィーへと向かう方向に出られるはずだ。この洞窟が行き止まりではなく、通り抜けることができれば、だが。

柱廊を通り抜ける時、雨が降り込んでくる空を見上げると、そこはまるで空など無いかのような暗黒がぽっかりと頭上に見えた。

空は底知れず真っ暗で、雨を降らしているはずの雲すらが見えない。まだ昼のはずだが、暗夜のようだ。

ようやく柱廊を抜け、神殿の入り口に辿り着いた。入り口のところにある燈台《とうだい》の上に、油を染み込ませた木ぎれが積んであるのが見えたので、もしかしたら燃えるのでは、と松明の火を近づけると、いきなり、それに火が移って、勢いよく燃え上がった。

と、同時に、連鎖《れんさ》的にその燈台から隣の燈台へと火が移っていき、壁沿いに点々と灯りが広がっていく。

ゆらり、と人が動く影が見えた、と思った――がそれは人ではなく、壁沿いに並べられた裸足で踊る黒い肌の逞しい男の踊り手たちの石彫像が並べられていたのだ。その彫像に炎の光が当たって壁に影を落とし、あたかも人が蠢《うごめ》いているかのように錯覚させたのだ。そして、壁にもびっしりとタイルが貼られていて、そこに黒い踊り手たちの精緻《せいち》な絵がそのタイルに焼き付けてある。

灯りが壁沿いに巡っていき、広い円筒形の空間を照らし出す。それは人が千人くらいは楽に入れそうな広間だった。

正面には、いつの時代に作られたのかわからない、巨大な神像が聳えている。

「……女神、かしら？」

ミリエルはそれを見上げて、つぶやいた。

確かに、胸に膨らみがある。髪も長くて、足先まで流れ落ちているように石が彫刻されている。けれど、顔は暗がりで見えず、全体的には荒々しく、がっしりとした体つきに像は彫られていた。

松明を持って、その女神像の足下まで歩いて行ったルークは、その石像の下に丸く通路の入り口が開いているのに気付いた。

しっかりと石の梁で支えられた通路で、騎馬の兵士がゆうに通り抜けられる広さがある。しかも、石とタイルでしっかりと作られていて、松明を掲げると、風が通路の向こうから抜けてきているのがわかる。――どこかに通じているのだ。

壁のタイルに、この神殿の壁と同じように黒い踊り手たちの姿がずらりと並んで焼き付けられているのが少しばかり気味が悪いが、この通路は外の鍾乳洞よりは道もしっかりしている。

「確かに、これはリシンダ女神の導きだな。どうやら、この道を行けば、レディの森の北西方向に抜けられるようだ。ミリエル、きみのおかげだ」

ルークはミリエルに告げた。

早速、ふたりはエルワンのところに取って返し、見てきた現状を報告した。

騎兵たちを馬から降りさせ、まずは神殿へと行かせ、守りを固めてから、ゼラフィン皇子を慎重《しんちょう》に黒い雨の脇を渡らせた。

　黒い雨の勢いは落ちない。それどころか、さらに荒れ狂いつつあるように見え、その雨音は怒号をあげているかに聞こえてくる。

　兵たちを渡らせた後は、怯える馬たちを柱廊を歩かせて一頭ずつ、通していった。人より、馬のほうがその細い道を通すのは大変だった――馬のほうが大きいし、それに訓練されているとはいえ、臆病《おくびょう》で神経質だったからだ。

　ゼラフィン皇子は、神殿の神の像の前に立って、暗がりの中で見えない顔を見上げた。

「ゼラフィン皇子、馬にお乗りになってください」

　ルークは、ゼラフィン皇子の馬を轡を摑んで引いてきて、手綱を手渡した。すでに、こちらへと運び込まれた馬に乗って、騎馬の兵士たちは、あの新たに発見された通路の奥へと進み始めていた。

　ゼラフィン皇子はルークを振り返り、馬の背に乗りながら、尋ねてきた。

「ルーク……この神殿の踊り手の彫像――なんだか、思い出さないかい？」

　ルークは、自分も馬の背に乗りながら、問い返した。

「何が……ですか、殿下？」

「あの、夢の少女だ」

　ゼラフィン皇子は答えた。

「あの少女の周囲を、踊っている者の足が見えた。裸足で、黒かった。こんな感じの……ステップじゃなかったか？」

　そう言って、ゼラフィン皇子は壁のタイル画を指さした。

　ルークは目を瞠った。確かに――そうかもしれない！

　その時、神殿の外で、幾つかの恐ろしいわめき声と馬の断きが同時にあがった。

「何ごとだ！」

ウルドラム将軍が怒鳴った。

入り口近くで外の様子を見ていた兵士のひとりが慌てた声で叫び返してきた。

「それが……！　あと、十頭ほどだったのですが、いきなり突風が吹いてきて、馬に雨が掛かり——驚いてその馬が雨の中を飛び出してしまったら、その途端にものすごい勢いで雨が襲いかかってきて、風とともに空中に吹き上げられ——うわぁっ！」

悲鳴とともに、今度は入り口付近にいた兵士たちがこちらへと逃げてくる。その背後で、黒い雨とともに、馬と人とが外の広間の床へと折り重なるように叩きつけられたのが見えた。

びしゃっ、と黒い水飛沫が立ち、それとともにみるみる馬も人も体積が減っていく。まるで、雨に溶けるように。


雨が、風が、ウオーン、と咆吼《ほうこう》をあげた。それは、まさに咆吼だった。

同時に、入り口からどっとまるで波のように雨水が入り込み、雨の水幕に覆われた神殿の入り口に、巨大な顔のようなものが見えた。雨の幕によって形作られた顔だった。

その顔は神殿の狭い入り口からこちらを覗き込み、そして、その黒い雨の顔の口元は、何かを見つけた、というようにニタリ、と笑った。

「——ゼラフィン皇子、通路へ！　逃げるんです！」

ルークは叫んだ。

ゼラフィン皇子はすぐさま、馬の腹を足で蹴り、通路へと馬を走り込ませ、もちろん、ルークやウルドラム将軍、ミリエルとアリステルを乗せた馬も続き、神殿の広間の残っていた騎兵たちも通路に駆け込んだ。

ウオーン、と咆吼が背後から追ってくる。

そして、あの広間でおそらく逃げ遅れて黒い雨に捕まったであろう兵士らの絶叫も断続的に聞こえてきたが、彼らを助けるために馬の走りを止めるわけにはいかなかった。

（くそっ……これが〈闇の儀式〉の犠牲の成果か――！）

ルークは、あの沼地の霊となった少女の面影を思い出した。誰がこれをやったにしろ、ここで生き残ることが出来たら、必ず、この報《むく》いを受けさせてやる、と心に誓う。だが、今はまず、生き残れるかという命題が先だった。

5、闇の中の少女

しばらく馬を洞窟の奥へと進めていくと、かの黒い雨の巨人の咆吼は次第に遠くなっていき、聞こえなくなってきた。やがては、先を急ぐ騎馬隊の、馬の激しい息遣いや武具の隠れる音、蹄の音以外は何も反響しなくなっていった。そこでようやく、ウルドラム将軍は全隊に停止するように命じ、それぞれの隊で連絡を取り合って、全員がいるかどうかを確かめるように命じた。

ルークも馬から降り、すぐにゼラフィン皇子の許に駆け寄って、息を切らせ、蒼い顔色をしている皇子の馬の轡を取って、馬から降りさせた。

「ここにいれば、本当に安全なのか？」

ゼラフィン皇子は不安そうに尋ねてくる。

安全です、と答えられなかったので、ルークは黙って何も言わなかった。外のあの巨人と対峙《たいじ》するよりは安全かもしれない。そして、リシンダ女神が導いた場所だから、とりあえず危険な場所ではないかもしれないが――ここは明らかにリシンダ女神の霊《れい》廟《びょう》や神殿というわけではないし、得体の知れない神の聖域、というのは、どう考えても……危険になり得る。一時的な避難場所になる、というだけだろう。

「ここは……もしかして、迷路なんじゃないか？　ここに来るまでに、何カ所も曲がり口があるのをみつけた。そして、この道はまっすぐじゃない――おまえも気がついていると思うが」

神経質に、ゼラフィン皇子はつぶやいた。

ルークは、皇子のその観察眼に驚いた。その通りだ――実は、ルークもそのことには気付いていた。

道は何回も蛇行《だこう》したし、何カ所も曲がり口があった。方向は次第に見失わないようにその都度《つど》、気をつけていたが――戻ってはいなくても、行くべき方向である北西の、西のほうに大きく曲がっている。できれば、北のほうに行きたいのだが。

ただ、確かにこの洞窟が迷路であったり、この先が行き止まりであったりすると、面倒なことになる――そのことも考えなければならない。

「そのことについては、ミリエルとすぐに相談します。皇子殿下はご心配なく。あなたを無事にお父上の許へと送り届けるのは我らの使命ですから」

余計な心配をかけないように、とルークはそう言ったけれど、内心は心配で平常心を失わないようにするのに必死だった。

大丈夫だ――なんとかなる。そう信じて進むしかない。

ミリエルがこちらを見ていたので、目で合図して、素早く、互いに歩み寄る。ここは攻撃魔法が得意のアリステルよりはミリエルの出番だ。

「どう思う、ミリエル？　もしかして、ぼくたちはここに閉じ込められたんだろうか？」

「そうではないと思いますわ、ルーク。そんな道にリシンダさまはわたしたちを追いやったりはしませんわ。でも、知恵は使わなければなりませんわ、おそらく。出る道はある。でも、むやみに進むことは愚かです。考えなければ」

「うん……そうだね——」

　考えるのは、ぼくの領域だな、とルークは思う。

　何のために、アダク師の指導の下、他の魔法使いたちよりも長く修行しているんだ、ということになる。

（ここは、誰を祀った神殿だろう？）

　ルークは考えた。ふと、その時、あの大神殿に聳えていた、胸が少し膨らんでいた女神らしき像の姿をようやく思い返し、それから、記憶の中でそれと符合する姿を見つけ出した。

（もしかして、あの……？）

　ゼラフィン皇子を覗き込みに来ていた古き神——オカレスク大帝との約束で、彼の血を引く者には手を出さないことになっていると語った、あの神の姿に似ていないか？　出会った時の印象が男性のものだったので惑わされるが、確か、最後に壁一面に巨大化した時には……あの神像のような姿ではなかったか？

（ここは、あいつを祀った神殿なのか？）

……だとすると、少しは安心、かもしれない。

　神は、言葉で人を騙《だま》すことはあるけれど、とりあえず、強い神であれば、あまり嘘というものは言わない。たぶん、嘘をつくことが、彼らの力を損なうからだ。世界は、嘘では構築できない——真実の力、というのは強く、嘘をつかないと生きていられないものたちは所詮、弱い神にすぎない……。オカレスク皇家の者には手を出さない、というのは本当のことである可能性が強い。あいつはどう見ても強い神だったから。

　エルワンと何やら話し合っていたウルドラム将軍が、ルークとミリエルのほうに厳しい顔つきをして、近寄ってきた。

「二十六人、兵士の数は足りない」

　そう、教えてくれた。

　つまり。あの〈黒い雨の巨人〉からそれだけの数の兵士が逃げ遅れ、殺された、ということだろう――。

「エルワン、今、ミリエルと話していたのですが、この洞窟は抜けられない、という可能性は低いと思います。ただ、どこに出るか、というのが問題ですが。

少なくとも、進めば、あの〈黒い雨の巨人〉からは逃れられる。進みましょう」

ルークは、エルワンに進言した。

「食料はあまり無いぞ？　この人数では、二昼夜がこの洞窟の中で彷徨《さまよ》う限度だと思う。馬もまいっていくしな……」

エルワンの声も厳しい。でも、それに対して、ぼくに何が出来るっていうんだ、とルークは思わず言い返したくなったけれど、それは絶対に言えないのもわかっていた。

魔力を多く備えた者こそ、節制がより求められる。

そして、期待には応えなければならない。

「ゼラフィン皇子にお話ししてまいります」

そう静かに答えて、ルークはその場を離れて、ゼラフィン皇子の許へと戻った。

ゼラフィン皇子は、暗い洞窟の奥のほうをじっとみつめていた。そこにもこれまで進んできた広い洞窟に対して横道となる穴がぽっかりと空いていて……しかもその奥のほうからは風が吹いてきているのが、ゼラフィン皇子の金色の髪が靡《なび》いているせいでわかる。

「ゼラフィン皇子殿下――」

ルークが声を掛けると、皇子ははっとして振り返った。その表情には、何かを激しく迷っているような表情が浮かんでいて、眉を深くひそめていた。

「皇子殿下？」

その表情に驚いて、つい、怪訝《けげん》げに尋ねかけると、ゼラフィン皇子は低い、小さな声でつぶやくように言った。

「声が——聞こえたんだ」

「声……？」

ゼラフィン皇子は、微かに首をうなずかせた。それから、不意に、その横穴の中へと身を翻すと飛び込んで行った。

「皇子……！　何を——!?」

もちろん、すぐにルークはその後を追った。

「……ルーク？」

ミリエルが不審げな声をあげるのが背後から聞こえてきたが、構っている暇はない。

「皇子！　お停まりください、どうなさったのです？」

ルークは叫ぶ。けれど、狭い洞窟の中で声は籠もって、前方に聞こえていっているかはわからない。

真っ暗な中、皇子の姿はその闇に埋まっていく。

（ゼラフィン皇子……！）

ぼくは皇子を何としてもお助けしなければならない。こんなところで失ってなるものか。ルークは歯を食いしばった。

くそっ。なんてぼくは無力なんだ、無能なんだ？　もっと力を持たなければ！　強力な魔力を！　そのためには、やはり、しかるべき神と契約を結んだほうがいいのか？

人が目の前に立っているのがいきなり見えて、ぎょっとして立ち止まった。すぐに、それは何かに映った自分の姿だ、と判断する。——鏡？　こんなところに？

目の前が明るくなってきていた。広い空間がある。通路を抜けたらしい。

頭上を見上げると、ドーム状の大きな高い天井があり、その上のほうから微かに光が漏れてきているのか、それほど視界が利くわけではないが、何も見えない、というほどに暗くはない。

目の前には、古びた岩のようなものを削り取って出来たらしい巨大な構築物があって、その広い空間をまったく見渡すことが出来なくさせていた。その構築物の山と、そのドーム状の天井との間には、人一人分くらいの隙間しかないのだ。

その広いドームに覆われた部屋は円形であるらしく、構築物の周囲を人一人が通れるくらいの通路がぐるりと巡っているようだ。

姿が映った壁の鏡も、割れている。ずいぶん古い施設のようだが、悲惨なほどに崩れかけている。

「皇子？　いずれにおられますか？　ぼくです、ルークです」

ルークは声をあげた。が、返事はない。

左右を見回すと、構築物には一定の間隔で同じパターンの凹《へこ》んでいる場所がある……ように見える、暗がりの中に。

その場所へと行ってみると、岩の壁に四角く開いた空間があって、その奥には黒ずんだ岩の階段が上方へと繋がっている。

『ルーク、こっちだ』

その階段の奥からゼラフィン皇子の声が聞こえたような気がして、思わず、その階段を駆け上がろうとしかかったが、ふと違和感を覚え、その足を止めた。

——今の声は、本当に皇子の声だったか？

（……落ち着け！）

自分に言い聞かす。

いつも持ち歩いている魔法書を腰に下げた物入れから取り出し、胸元にいつも下げているアダク師から与えられている護符を出して、それを握りしめた。魔法書に、護符を握った拳《こぶし》を置き、深呼吸をした。皇子を捜さなければならない。——出来るはずだ。

ルークの口から、自然に呪文が流れ出た。それはゼルクの神の庇護《ひご》を引き出すための呪文で、自分の中にある魔力を最大限に強化するためのものだった。

ルークの体は、オレンジ色の光に包まれた。

周囲が明るく照らされ、そして……じっと目を凝らすと、ゼラフィン皇子の残像が見えた。

ここではない。この、もうひとつ横にある階段へと走り込んでいる。

慌てて、その後を追って行くと、その階段を駆け上がる皇子の残像が見えて、さらにそれを追う。

その時、耳元で、くすっ、と笑う声が聞こえた。

『正解』

……そう、つぶやく声がしたような気がした。

ここには、誰かいる。

階段を上がると、周囲の視界が少し開け、この構築物の山はそうして少しずつ、上方へと登っていけるのがわかる。

さらに周囲を巡る円形の通路には、ルークが入ってきた通路の入り口のほかにも、放射上に一定間隔に入り口が開いているらしいこともわかる。

その時、ミリエルの声がした。

「ルーク！　どこなの？」

ルークは怒鳴り返した。

「ミリエル！　それ以上、ここには入ってくるな！　ここには何かいる。

それと、ここにゼラフィン皇子が入り込まれてしまったんだ。すぐに戻るから、エルワンには兵たちに動かずに待機してくれるように伝えてくれ。

これから一刻以上経ってもぼくがゼラフィン皇子を連れて戻らなかったら、もう一度、捜しに来てくれ」

すぐにミリエルの声が返ってきた。

「わかったわ。でも、ひとりで大丈夫なの、ルーク？　アリステルを呼ぶ？」

ひとりで大丈夫だろうか？　少し、不安になるが、ルークは怒鳴り返した。

「一応、アリステルは呼んでおいてくれ。でも、しばらく待つように言ってくれ。ここには何かいるから……あまり大事《おおごと》にしたくない」

「了解よ、伝えるわ」

ミリエルが、通路を引き返していくのがぼんやりと下のほうに見えた。

ふたたび、ゼラフィン皇子の残像を捜す。ルークの体は淡いオレンジ色の光に包まれたまま、闇の中を進む。

（あそこだ――）

皇子の、残像をみつける。どんどん、岩の入り口を潜り、階段を上方へと登っていっている。一体、何に駆り立てられているのだろう？　あの皇子は、周囲の迷惑を顧みないタイプではない。行動にはたぶん、何らかの意味があるはずだ。

（あの、少女か？）

夢の中に出てきた、あの囚われの……？

それがここにいるのではないか？

ふと、人の影がすぐ横をよぎって、ぎくり、とすると、それはまた、壁に取り付けられた、等身大の割れた鏡のせいだった。

無視して通り過ぎようとした時、鏡の向こうで何かが笑ったのが見えた。気になって引き返して鏡を見たが……そこには自分の姿しか映らない。でも、何かがいる。それは確かだ。

（あの、闇の神……か？）

そうかもしれない、とルークは思った。ここは、あの〈古き闇の神〉の神殿がある可能性が大きいから。

あまりに激しく崩れているので判別が難しいが、足下を見ると、壁面の下のほうには踊っているような足の形をした浮き彫りの欠片があるのがわかる。崩れる前には、この壁面にも、あの踊り手たちの彫像があったのではないだろうか。

その時、か細い歌声が聞こえてきた。最初は空耳かと思った。それほど微かな——。

ル……らら……ら……ル……ら——

遥……か——続く……青き——

光……降り注ぐ——いつか……

断片的に、声が聞こえてくる。

誰かが歌っている、弱い声で。

——少女?

ゼラフィン皇子の残像がまた見える。だんだん近くなってきたのがわかる。壁の上から下を見ると、ずいぶん高くまで登ってきてしまっているのもわかる。ドーム状の闇が詰まった天井が下で見上げた時よりかなり近くなってきている。そこから見上げても、天井はずいぶんと高いけれど。

と、階段を駆け上がっていく人影が見えた。

「皇子！　ゼラフィン皇子！」

ルークが叫んで呼ぶと、その黒い人影の動きが止まって、こちらを振り返ったのがわかった。

「ルーク……ついてきたのか？」

——この人は、ぼくの役目を何だと思っているんだろう、と思いつつ、ルークは答えた。

「はい、皇子。ぼくもそこにまいりますので、しばし、そこにお留まりいただけますか？

あの——少女の歌声ですね？」

しばらくの沈黙の後、皇子の声が聞こえた。

「うん、そうだ。きみにも聞こえる、ルーク？」

「はい、皇子」

ルークはできるだけ素早く、でも、慌てて足を踏み外したりすることがないように気をつけて、皇子のところに駆け寄って行った。もっと下層にいた時と違って、斜面がかなりきつくなっている。

だが、構築物の上に何があるかは、ここからはまだ見えない。

ようやく、皇子の横に立って、ルークはほっと胸を撫で下ろした。

少女の声は聞こえてくる。

ル……ら……ら……ル……ら――

土の……香り――還れ……

暁《あかつき》に……やがて――だろう……

繰り返し繰り返し。誰に聞かせる、というよりは自分に聞かせるために歌っているのだろう。言葉は不明瞭《ふめいりょう》で、声はとても弱い。

「きみの体は、オレンジ色に光っているように見えるけれど……気のせいなのかな、ルーク？」

躊躇いがちに、ゼラフィン皇子は尋ねてきた。

ルークは皇子に微笑みかけて、答えた。

「いえ――光っていると思います。ぼくが、魔法を使っている時にはこうなるのです。皇子殿下の居場所を突き止めなければならなかったので」

それから、歌声を出している少女に注意を向けた。

この上に確かに彼女はいる……みたいだ。でも、魔法で探ってみても、感触は弱い。本当に――いるんだろうか？

「さっきから何度も怒鳴って呼びかけているのだけれど、こちらの声は聞こえないみたいだ」

眉をひそめて、ゼラフィン皇子は言った。

「とにかく、行ってみましょう、皇子」

少女がいるかいないか、確かめない限り、皇子をこの場所から皆のところに引き返させるのは無理そうだと見て取って、ルークは言った。

ふたりで階段をさらに上がっていくと、ようやく平らになった祭壇のような広い場所に出た。そこから見下ろすと、円形のその広間の周縁には三十カ所以上、この場所からの出口が均等に放射線状にあるのが見て取れる。たぶん、ここはこの神殿の中心にあたる場所なのだろう。

（あの出口が、それぞれ、外に続いているのだったら――上手く脱出できるかもしれない）

ルークは、この階段を上がってくる時にもずっと休まず働かせ続けていた心の中の羅針盤《らしんばん》を計測した。洞窟に入ってからは、方向を見失ってはいけない、と神経質なほどに気をつけていた。腰に下げた羅針盤を使って、ここまでの道筋を細かく思い出し、慎重に確かめた。

「……何をしてるんだ、ルーク？」

羅針盤を出してぶつぶつとひとりでつぶやきだしたルークに、ゼラフィン皇子が尋ねてきた。

「皇子、あそこがぼくたちが出てきた、ここへの入り口です。……ああ、アリステルたちがいるから、わかりますね」

ルークは、下の、松明を持ったアリステルとミリエルの姿が見える場所を指さした。

そして、羅針盤で方向を確かめ、行きたい方角に開いている出口が何番目であるかを数えていく。

「——それで。あの入り口から、左へと数えて、十三番目……の口から出ていけば。その後の道がまっすぐであったと仮定すれば——ぼくらが進まなければならない方角へと、この遺跡のような場所から脱出できるはずです」

ゼラフィン皇子が、闇の中で驚いた顔をするのが見えた。

「……そんなことがわかるのか？」

その時。同時に、また、くすり、と笑う声が聞こえた。

——正解。

また、そんな囁き声が聞こえたような気がした。

やはり、あの〈古き闇の神〉だな、とルークは思った。

そんなふうに囁かれるのはからかわれているようで少し不愉快だったけれど、どうやら、ここの主《あるじ》が皇子に対してもルークに対しても好意的であるのは間違いないらしい。閉じ込められているこの場所で、こんな巨大な神殿をここに持っていた強い神に攻撃されるのは考えたくもない事態なので、とにかく、それは悪いことじゃない。——その好意が少し怖くもあるけれど。

一体、何が狙いなんだ？

ゼラフィン皇子は、円形の構築物の山の上に広場の中央にある祭壇のほうを見上げていた。

少女の歌声は消えている。

祭壇は、奇妙な巻き貝のような形をしていた。

かつて何かの儀式のためにここが使われたのは間違いない。古き神の性質からしても、この〈闇の神〉がどんなに人に好意的な神であったにしても——この祭壇の目的は、十中八九《じゅっちゅうはっく》、生け贄を捧げる……ことだったろうと思う。

祭壇に近づいていくと、嫌な臭いがする深い溝が、その巻き貝のような構築物の前にあった。溝を覗き込むと、どうやら地下深くまで抉られていて、暗黒の口を開いている。ここから落下したら、おそらく、命は無いだろう。

その前には、二本の、何かを拘束するためにあったと思われる、太く高い、漆黒の水晶の杭《くい》がある。

不意にまた、少女の歌声が聞こえた。今度はすごくはっきりと。

でも、少し、聞こえて、また、途切れた。

「ルーク……見てくれ！」

ゼラフィン皇子が指さした先——螺旋状の階段が刻まれているために巻き貝のように見えた円筒形の建築物の上に、細い人影がある。

そのシルエットからも、少女だとわかる。

彼女は祈るように両手を握って頭上に突き上げていた。そして——次の瞬間に、崩れるように倒れ、その姿が見えなくなった。

ゼラフィン皇子が走って、その祭壇の上へと昇って行こうとする。

「皇子！　……危険です、罠かもしれない！」

ルークは叫んだ。けれど、皇子の足が止まらなかったので、両手から守りの魔法を発して、皇子の体を包んだ。オレンジ色の光がルークの指先から放たれ、皇子の体を包む。それから、自分も皇子の後を追った。

用心のため、祭壇に何らかの古き神の結界の罠がないかどうかを調べたが、どうも——そういう匂いはしない。

一体、あの少女は何者なのか？

祭壇の上は、人が五人くらいは立つことが出来そうな、でも、かなり狭い場所だった。

ゼラフィン皇子は、腕にぐったりとした少女を抱えていた。

漆黒の長い長い髪——白い体。

一目でわかった。あの、夢の中にいた少女だ。膝を抱え、泣いていた、あの……。

愛らしい顔立ちをしていて、双眸は瞑《つぶ》ったままだが、震える長くぴんと反り返った睫毛《まつげ》が濡れているのが印象的だ。

身に纏う衣《ころも》は薄手のもので汚れていたけれど、おそらくは上等で柔らかい絹で織られていた。上品そうな顔立ちをしていることからしても、それほど身分が低い家の娘ではなさそうだ。手足は長くしなやかで、そして力無く投げ出されていた。

ゼラフィン皇子は、自分の帯に吊してあった携帯用の酒瓶《さかびん》を出すと、その飲み口を少女の口元に当てた。

瓶を傾けると、中の琥珀《こはく》色のとろっとした液体は少女の口の中を濡らし——そして、しばらくして、びくっ、と少女の体が震え、喉元がこくり、と動いた。

少女の双眸が開いて、ぼんやりとこちらを見上げた。黒い……珍しい、と思うほどに濃い、ごく黒に近い色合いの茶色の虹彩《こうさい》で、黒い瞳――という印象を受けた。

少女はゼラフィン皇子の顔を見上げても、反応らしい反応を示さなかった。驚くでもなし、怖がるでもなし、ただ、ぼんやりと見上げている。見えていないのかもしれない。

「気がついた？　大丈夫かい？」

でも、ゼラフィン皇子がそう話しかけると、わかっているのかいないのかわからないが――こくり、とうなずいた。そして、起き上がろうとする。

でも、体に力が入らないのか、また、ゼラフィン皇子の腕の中に崩れ落ちて、倒れ込んだ。

「きみは、ぼくらを呼んでいただろう、あの歌声で？　違うのかい？　きみの名前は？」

ゼラフィン皇子は少女の耳元に囁いた。

すると初めて、少女は反応を示して、のろい動作で不思議そうに皇子を見上げた。そして、唇を動かした。

掠《かす》れた声がした。そして、少女は言った。

「ディルフェカ……」

ゼラフィン皇子とルークは、顔を見合わせた。

（ディルフェカ――この娘が？）

でも、もし、それがケシャナ女侯爵の跡継ぎとされていた少女のディルフェカ姫なら、見事な金髪の持ち主のはずで、こんな漆黒の髪の少女ではないはずだ。

「ディルフェカ――それはきみの名前なの？」

しかし、ゼラフィン皇子のその問いかけに、少女はこくり、としっかりとうなずいた。

わたしはディルフェカである、と主張するように。

6、光の犠牲

ゼラフィン皇子がディルフェカと名乗る少女を抱

き上げ、とにもかくにもその祭壇の上から降りていくことになった。

〈あの、〈古き闇の神〉がぼくらにこの少女を託した——ということなのか？〉

この得体の知れない少女を連れて行っていいのだろうか、という疑問がルークの心を締め付けたが、かといってこんな少女をここに置いていくことなど考えられず……でも、皇子の身を思うならば、心配せずにはいられない。

外見が愛らしい少女だからといって、邪悪なものでないという保証にはならない。

とにかく、エルワンのところにこの少女を連れて行き、彼に判断してもらうといいだろう、とルークは考えた。経験がないルークには処理するのが難しい問題だった。

降りていき、声が届きそうなところに来ると、ルークは下で待つアリステルとミリエルに向かって叫んだ。

「ぼくだ、アリステル、ミリエル。皇子殿下と一緒にすぐそこに降りていく。大丈夫だ、ここに皇子はおられる。

——少女をみつけた」

ルークの最後の言葉へのアリステルとミリエルの驚きが心の中に直接、伝わってくる。

アリステルの体から霊体が浮かび上がり、空中からこちらを見下ろしたのがわかった。

『……それ、誰なんだい、ルーク？』

ゼラフィン皇子が抱えている少女を覗き込んで、アリステルが尋ねる。

『ディルフェカ。——って名乗っているね』

ルークは答えた。

『ディルフェカっ？　じゃ、ケシャナ女侯爵の跡継ぎの姫君で、行方不明だった、という少女かい？』

『わからない。聞いた話ではディルフェカ姫はケシャナ女侯爵と同じで美しい金髪の姫君だというから――名前が同じだけで、違う少女なのかもしれない。この辺りでは多い名前なのかな、ディルフェカ、という名は』

『そうか……そういう可能性もあるね。なんだか禍々しいまでに黒い色の髪だね――』

禍々しいまでに黒い髪、か――確かにそんな感じだな、とルークも思った。髪に、闇が宿っているかのようだ。

アリステルの霊体が戻ってゆき、ルークもゼラフィン皇子を助けて、ようやく地上への最後の階段を下りるところまで到達した。もう安心だろう、ということで、ルークは自分とゼラフィン皇子の体に纏っていたゼルク神の力を解除した。オレンジ色の光が弱まり、体の中へと吸い込まれていく。

ゼラフィン皇子の腕の中で、また、少女は意識を失って、ぐったりとしていた。

「皇子、その少女をこちらへ。わたしがお運びします」

ゼラフィン皇子より体が大きく、がっしりしたアリステルが申し出た。

ゼラフィン皇子は、一瞬、躊躇ったが、すぐに素直に少女をアリステルへと渡した。

アリステルが楽々と少女を両腕に抱くのを、ルークはなんとなく、羨望《せんぼう》の眼差しで見てしまった。

一体、いつになったら、アリステルぐらいに体が成長してくれるんだろうか――。たぶん、こんなことで羨望の想いを抱いたりしないくらいに心がしっかりとしてから、なんだろうけれど。

「ミリエル、ここはこの神殿の中心部であるみたいだ。それで、羅針盤で確かめてみたが、この中心部からは放射状に道が出ていて、おそらく、その出口からの通路は中心部からそれほど違う方向には向かわないはずだと思うんだ……」

ルークが、ミリエルにそう話すと、ミリエルの顔の表情がぱっと明るくなった。

「出られる、ということですね、ルーク、ここから」

「うん、たぶん」

この神殿の主である〈闇の神〉は、あの少女をぼくらに委《ゆだ》ねたからには、ここに閉じ込めるつもりはないのだろう。安全に出してもらえそうだけれど
――古き神の親切、というのは、あまり信頼できるものではないから、それが不気味だ。

（オカレスク大帝との間に、大帝陛下の血を引く者の命を狙わないという盟約を交わしている、ということは、何かオカレスク大帝陛下と因果がある〈神〉なんだよな……それがどういう因果であるか、というのが一番の問題か。

うーん……古き神々がオカレスク大帝陛下と仲が良い、というのは――強い神ほどあまり……考えられないような……何があったんだ？）

ううん、とうめき声をあげて、少女がアリステルの腕の中で身をよじった。愛らしい顔立ちをしているけれど、その表情を見ると長い悪夢の中に今もいるようで、眉間《みけん》を歪ませ、口元も痛々しい苦悩を滲《にじ》ませて引き締められている。たぶん、歯を食いしばっているのだろう。

この少女に、何があったのか？

エルワンとウルドラム将軍のところへと戻っていき、その横道の中に入っていくと、神殿に祀られている神の祭壇があり、出口がみつかりそうだ、と告げた。

エルワンは、そのことについてはルークを信頼したが、皇子に発見された少女については顔をしかめた。

「そんな――得体の知れない娘を救い出して、問題はないのか、ルーク。もし、何かあれば全隊が危険に晒されるし、当然、皇子の御身にも危険が及ぶ。

情けをかけることで、万が一のことがあれば――」

ルークもそれは心配だったが、しばらく、考えてから、きっぱりと言った。

「あの娘が危険である可能性は、確かにあります。ですが、たぶん、あの娘をここに見捨てていくことで、かえってこの神殿の主の不興を買うこともある。どうやら、この神殿の神は、我々にあの娘を委ねようとしているみたいで、だからこそ、我々にあまり害を為す気がないのかもしれない。この神殿の聖域を出た後に、あの娘が我々にとって安全かどうかは確かに保証の限りではないですが、まずは我々にとって大切なのはここから出ることですから。

あと、あの娘が名乗った、ディルフェカ、という名前も気になりますし――。ケシャナ女侯爵の養女である可能性も捨てきれません」

「いや、だが、あの髪は……？」

ルークは、先程、アリステルが言った、〝禍々しいほどに黒い髪〟という言葉を聞いて思いついた可能性を口にしてみることにした。

「確かに、あの娘は金髪ではありません。でも、あの髪には何かある――ように感じるんです。もしかしたら、あの黒髪は何らかの魔法にかけられた結果かもしれません。本人の意識がはっきりしてきたら、尋ねてみればわかることですが。

誰か、ケシャナ女侯爵の跡継ぎの姫の顔を知っている者は、隊の中にいませんか？　彼女の顔を見て、ディルフェカ姫であるかどうかを判断できる者は？」

「探してみるが――いないかもしれないな。姫君というのは、大概、城の奥深くに隠されて育てられるので。

だが、確かに彼女がディルフェカ姫であった場合は、ここに見捨てていくわけにはいかないな。

よし、とにかく、ここを出よう」

エルワンの青い瞳が、また、厳しく光る。

ウルドラム将軍へとエルワンが説明に行き、休憩を取っていた全隊がふたたび立ち上がって、馬に乗った。

アリステルが少女を運ぶことになり、ミリエルは他の騎士の馬に乗ることになった。

「迷惑をかけてごめん、ルーク。ただ、彼女の歌声が聞こえてきて――話せば、行くことをきみに止められるかもしれない、と思ったんだ」

ゼラフィン皇子のところに戻ると、すまなさそうな顔で皇子は謝ってきた。

どう答えるべきかな、と思いつつ、ルークは馬に乗って、そして、言葉を選びながら、答えた。

「止めた、と思います。それは確かに。

結果的に脱出口が見えたし、良いほうに転がりましたけれど。いつも、そんなふうに物事が進むわけではないので、皇子殿下には気をつけていただきたいと思います。

すでに、この皇子殿下の護衛隊からは二十六名の者が減っています。おそらく、死んだ――あの黒い雨に殺された、と思われます。これからも犠牲は出るでしょうし、たとえ最後の一名になったとしても我らは皇子殿下をお守りしなければなりません。そのことをお心に刻まれていただければ、と思います、どうか殿下――」

「うん、わかっている」

ゼラフィン皇子は、闇の中で、少し、うつむいた。

「自分でも、何故、あんなことをしたのか、少し――驚いているんだ。でも、あの少女の歌声が聞こえた、と思ったら、どうしても我慢できなくて……」

たぶん、あの〈闇の神〉が呼んだのだ、とルークにはわかる。そして、その呼びかけに皇子が応じてしまうのに気付かず、そうさせてしまったのは、皇子を守る魔法使いであるぼくが無能だったせいだから、皇子は悪くない。でも……信頼関係を思うとそう言うことが得策だとも思わなかったし、ここでそう告白することはルークのプライドも許さなかった。

くすっ、とまた、耳元で笑い声が聞こえた。くそ、とルークは歯軋《はぎし》りした。やつは、まだここにいる。気を許すな、と自分に言い聞かす。ここはやつの領域だ。そして、今、確かにあの〈闇の神〉はぼくらの敵になるつもりはないらしいけれど、その意図まで友好的とは限らない。

神々との駆け引きは、常に慎重に用心深く。少しでも隙を見せれば、してやられる。

「ルーク、あの少女は？　どうなるんだろう、ちゃんとぼくらで、この神殿から助け出してあげられるのか？」

心配そうに、ゼラフィン皇子は尋ねてくる。

「もしかしたら、彼女は我ら帝国の友軍であるケシャナ女侯爵の養女のディルフェカ姫かもしれませんし。事の次第がはっきりするまでは、当然、保護します」

ルークは、皇子を安心させるために、話した。

「えっ？　でも、ディルフェカ姫は金髪の姫君だって話してなかったかい、ルーク？」

「……あの髪は、闇に染められたものかもしれません」

ルークが言うと、皇子は目を瞠り、でも、深くうなずいた。

「なるほど。そういうこともあるのか。確かに……どこかの高貴な家の姫君に見えるものね、あの少女は。そうか――」

もちろん、全然、違う娘であるかもしれない。そして、出自《しゅつじ》がどうであれ、いずれにしろ、あの少女が皇子の側には置いてはおけない危険な存在であるのも確かだ。それを皇子に説得しなければならないのが、案外、大変かもしれない、とルークは感じた。

ウルドラム将軍の号令の声が通路に響き渡り、隊が動き出す。

（なんとか、この洞窟を無事に抜けられればいいんだがな……）

そして、安全な場所に出られればいいのだが――。

もっとも、それが無茶な要求だ、ということはルークにもわかっている。

もう、オカレスティからは遠く離れた。ここから先の大地は、まだ魔が棲む領域だ。そこを抜けなければ、皇子を父君のリゼク皇子がおられる場所にはお連れできないのだ。


慎重に祭壇の周縁の通路を通り抜け、数えて十三番目の通路へと隊列を整えて入っていった。

そこは、それまでの通路よりは比較的年代が新しい時代に作られたものらしく、通路も広く、壁もしっかりとしていて、崩れた様子もなく、壁面には一面に黒い肌の踊り手たちの姿が描かれていた。

黒……というよりは暗い青錆色《あおさび》、と言うべきかもしれない。松明で照らすと、染料の関係か、青黒く光る。

さまざまな衣装を着ていて、風体《ふうてい》は同じではないのだが、どの踊り手にも共通した特徴は、顔に大きな三つの目が描かれている、ということだ。

しかも、その三つの目の色が、左右の色が違って、黒と紫、その二つの目の間の眉間の部分に赤、というのが同じだ。口や鼻は、描かれていないものも多い。

どの踊り手も、踊っている、というのがわかる躍動的な姿で描かれている。体つきはしなやかで、でも、大体は男性的、ただ、時々、女性かと思われるような乳房がある踊り手も交じっている。

通路を進んでいくと、やはり、この神殿の主が好意的であるせいか、平穏に進むことができた。

何事も起こらず、床も平坦《へいたん》で障害物もなく、ほぼまっすぐに続いている。

ルークは羅針盤を常に心に描いて進む方角に気を配り、そして、時間も気にしていた。

(もうすぐ、夜だな……)

夜のこのハラーマの大地はとても危険なので、もし、問題がなければ今夜はこの通路の中で一晩を過ごし、朝になってからふたたび旅を続けたいと思った。

ところが――もう、夜になる頃だ、という時になって、通路に異変が起こった。

「ルーク……壁を見てくれ。壁に描かれたあの踊り手たちが……う、動いていないか?」

最初に気付いたのは、ゼラフィン皇子だった。横に並んで馬を進ませるルークに囁きかけてきた。

(え……?)

壁に目を向けたルークは、ぎょっとした。目を向けた先の踊り手に妖艶《ようえん》に笑いかけられた気がしたからだ。

ゆらりゆらりと壁全体が波打っているように見える。それは別に壁自体が波打っているわけではなく、そこに描かれた踊り手たちがまるで深い眠りから目を醒ましたかのようにゆらゆらとゆったりとした動きで蠕動《ぜんどう》し始めていたからだ。

ある者はすでにステップを踏み、踊り出している。

その壁の間の通路を進んでいる親衛隊の騎士たちも次第にこの壁の異変に気付き始め、全体に動揺が走っていた。

「……ルーク!」

皇子の前にいて馬を走らせていたエルワンが、ルークを振り返って、叫んだ。

「夜になったせいです。大丈夫です――壁からは、害意は伝わってきません。無視して、進み続けるように皆に伝えてください。たぶん、これは停まったほうが危ない――！　あまり壁に目を向けないように、と皆に伝達してください！」

ルークは叫び返した。

「本当に大丈夫なんだな？」

神経質な声でエルワンが問い返してきたが、ルークとしては、そんなこと知るもんか、と叫び返さないように口許を引き締めるのがせいいっぱいだった。

前方へと精神を集中して、壁を見ないようにして、自分の中の力を高め、危険がないかどうかを見極めようと努力した。

夜が深まっていく。闇の勢力が強くなっていく。こんな中、聖化されている領域ではない場所で夜を過ごし、屋外にいるのは自殺行為だ、そんなことはわかっているけれど、やむをえない時もある。そういう時のための訓練も受けてきているのだから――とにかく落ち着くことだ。

どこかで、あの〈古き闇の神〉が笑いながらこちらを見下ろしている気配が伝わってくる。大丈夫――この〈神〉には我々を攻撃し、殺したりいたぶったりしようとしていない。とりあえず、今は。だから、この壁の踊り手たちが動き出していても、それを無視できる精神力さえあれば、害はない。

「ゼラフィン皇子、壁を見ないで！　前だけを見続けるんです、いいですね？」

ルークは、ゼラフィン皇子にそう強く叫んだ。

「う……うん、わかった、ルーク」

皇子は、不安そうに答えた。

前だけを見ていても、どうしても視界には壁で蠢く踊り手たちの姿は入ってくる。

踊り手たちは絶妙のステップを踏んで、楽しげに踊っている。それは、誘惑にも似ている。馬を止めてこの踊りの輪に加わらないか、と誘っているようでもある。

『ルーク――このディルフェカって女の子が、すごく怯えているよ』

心の中に、アリステルの声が聞こえてきた。

『意識はあるのか？　……暴れる？』

ルークは、訊き返した。

『いや、意識はない……ような、あるような――はっきりしている様子ではないし、目は閉じているよ。でも、壁の踊り手たちが踊り出しているのには気付いていているみたいで、すごく体を震わせている。

じっとしているけれど、体が石みたいに硬くなっているのがわかるよ』

この少女は、ここでたぶん、何晩も過ごしているんだな、とルークは思った。この踊り手たちのステップに囲まれて。それを夢で見たような気がする、とルークは思った。

ルークは、自分の中のゼルク神の力を探り出し、それを外へと放出した。

オレンジ色の光が体から滲みだす。

――どこかで、それを快《こころよ》く思わずに見下ろしているあの〈古き闇の神〉の視線があるのを意識した。自分の聖廟の中でゼルク神の力を使われるのはそりゃイヤだろうけれど――でも、やみくもに進むわけにもいかない。

ルークの体から出るオレンジ色の光に照らされた側面の壁では、踊っている踊り手たちの姿が掻き消える。オレンジ色の光が退くと、また、踊り手たちの踊る姿がふたたび見えるようになるけれど。

（もうすぐ、ここを……出る、大丈夫だ――）

ルークは通路の先を探った。長かったこの洞窟の中の道ももうすぐ終わろうとしている。だが、問題は出てから先かもしれない。

この踊り手たちが踊り続ける通路では夜間を過ごすことも出来ないことがわかったわけだけれど、出た先もまた、夜であるわけだ。

ルークは急いでゼルク月とオリガ月の今の月齢を計算して、唇を嚙み締めた。

今夜は――ゼルク月が出るのが遅い。たぶん、ここを出ても、空を飾るのはオリガ月だけだ。

せめて、ゼルク月が出ていてくれれば、助けになるのに！

でも、仕方がない。

「エルワン！　もうすぐ、この洞窟から外に出ます！　どういう状態の場所に出るか、まったく、予想が出来ません！　外は夜です！　はぐれたりしないように隊列を十分にきつく組むように皆に伝えてください！」

外は夜――！　その言葉だけで、この親衛隊にいるような歴戦の者たちは、事態がどういうことかはわかる。

（もうすぐだ――出る！）

馬の手綱を握りしめ、ルークは身を引き締めた。

ここからが正念場《しょうねんば》だ。この夜を、乗り越えなければ、明日は来ない……！

「外に出るぞ！」

前方で、声がした。その声は次々に後方へと伝えられていく。

緊張が皆に漲《みなぎ》るのが感じられる。

冷気を帯びた風が前方から体に叩きつけてくるのが感じられ――そして、不意に視界が開けた。

頭上に夜空が広がり、星々の光と、オリガ月の冴え冴えとした白い光が降り注いでくる。けれど、ここは守られた聖域であるオカレスティではない。星とオリガ月の光は、痺《しび》れるような恐怖を心にもたらす。ここは……夜だ――！

晴れていた。だから星明かりと月明かりで、洞窟の闇に慣れた目にもかなり周囲の状況は見てとれた。

暗い森の中をゼラフィン皇子を守る帝国軍の親衛隊は突き進んでいく。

ルークは、心の中で大体の自分たちが進んでいる方向と位置を必死で計算した。星を見上げて、自分が思っている方角と向かっている方角に誤差がないかを探る。たぶん、エルワンも同じことをしているだろうけれど――。

なんとか、なんとしても、聖化した街道へと戻らなければならない。もうすぐ、このレディの森は抜けるはずだ……！

ルークは、自分の中からゼルク神の力を引き出して、その守りの力を全軍へと拡散させた。オレンジ色の淡い光がゼラフィン皇子を守って進む帝国軍のすべてを包む。すごく消耗《しょうもう》したけれど、やらないよりはマシなはずだ。

弱い精霊や神にみつかっても、こうしておけば、少なくとも余計なちょっかいは出してこない。強い霊や神々には効かないので、そうしたやつらの気を逆に惹いてしまう恐れはあったけれど。

とにかく、早く街道に戻ることだ！　全軍の意志はそういう意味では統一されていて、馬に全速力で駆けさせて、闇の中を疾走していた。一糸《いっし》乱れずに。

闇に打ち勝つには、そうして相手に弱みを見せないことが一番だ。恐れないこと。そうすれば、小物の〝魔〟はこちらに手を出してこない――！

この森を抜けて、北へと少し走れば、夜半になる前に街道に戻れるはずだ。

そして、記憶が定かであるなら、その街道を辿れば、目的地コフィーがあるピザン平原の入り口であるキャゼノイの砦がある。そこに逃げ込めることが出来さえすれば一番良い展開となるだろう。

レディの黒い森は強い風のせいか激しく繁みを揺らして、時折、行く手を遮ろうとするかのように枝を伸ばしてきて、それが戦士たちの額や肩に当たる。全速力で走っているので、鎧《よろい》に覆われていてもかなりの痛みが走る。――森が怒っているのだ、夜の領域を人に侵されて。

ルークは、森を宥《なだ》める呪文を唱えた。ここで森に襲ってこられてはたまらない。遅れないように馬を走らせながら呪文を紡ぐのは大変だったけれど、夢中だったからやり遂げることが出来た。

もうすぐ、森も抜ける――という頃になって、ミリエルの悲鳴のような声が心の中に響いた。

『ルーク！　〝雨〟が……追ってきたわ――！』

ルークは馬から振り落とされないようにしがみついて、必死で後ろを向いて〝それ〟を見た。

〈古き闇の神〉の隠された神殿があった森の向こうから、巨大な人の形の黒雲が聳えるように立ち上がっていた。

星空を掻き消すように、それは不気味に空を黒く染め、こちらを〝視て〟いた。

神殿の中にいた時には、こちらの気配を感じることができず、ずっとレディの森の周辺にいて、どこからかゼラフィン皇子の一行が飛び出してくるのを待ち受けていたのだろう。

黒雲の巨人はこちらを視て。そして、あの黒い雨によって二十騎以上の兵を失ったあの時のように、にたり、と気味悪く笑ったのがわかった。

「キャゼノイの砦に逃げ込むんだ――急げっ！」

ルークに言えたのは、それだけだった。あの黒い雨には、今のルークでは対抗できる術を考え出せなかった。雨に打たれない遮蔽物《しゃへいぶつ》さえあればたぶん、あの巨人からは逃れられる――だが、あの雨に打たれてしまうと！

〈古き闇の神〉の神殿に夜の間、留まらなかったことが過《あやま》ちであったかもしれない、とルークは思った。あれなら、我慢すれば害は無かったかもしれない。少なくとも、あのディルフェカ、という少女は、幾夜もあの神殿の中で、あの踊り手たちのステップの中で狂いもせずに耐え抜いたのだから。

朝まであそこに留まっていれば！

だが、もう遅い。引き返す前に、あの巨人にたぶん、捕まってしまうだろう。

森を出て、部隊は平原に差し掛かった。死に物狂いで部隊は夜の闇の中を疾走した。〈黒い雨の巨人〉が追ってくるせいか、夜の魔たちはそれほど悪さをしなかった。時折、闇の中から手が伸びて、疾走する馬を脅《おびや》かしたり、騎士を落馬させようとしたりして、何度か身の毛のよだつようなわめき声が闇の中から聞こえたが。落馬した者に待っているのは、おそらく、死、のみだ。だが、脱落した者を立ち止まって助ける余裕がない。

ルークは、ただ、ひたすら、ゼラフィン皇子のことだけに注意を傾けた。他の者はともかく、皇子だけは助けなければならないからだ。

幸いにもゼラフィン皇子は気丈に馬を走らせていて怯んだ様子は無かったし、神殿の洞窟を出てからはすぐさま親衛隊の兵たちが隊列を編成し直して皇子の周囲を幾重にも守っていた。ゼラフィン皇子とルークはその中心にいた。その際の見事な兵たちの動きに、ルークはウルドラム将軍の用兵訓練の見事さに舌を巻いたものだ。この優秀な兵たちを死なせないようにしないと……！

巨人は追ってくる。辺りの闇がさらに濃くなってくる。黒い雲が天を覆い、迫ってくるせいだ。

やがて、雷鳴《らいめい》の音も聞こえてきた。それは次第に近くなってくる。

ぽつり、ぽつり、と雨の粒が頬を打った。雨に……追いつかれる！

ルークは、体の中からゼルク神の力を呼び出した。

（せめて、ゼルク月の加護があれば！）

どれほど、それを願ったことか！

けれど、空に上がっているのは白く冴え冴えとした冷たい光を放つオリガ月の光だけだ。その光も、今は黒い厚い雲によって遮られようとしている。

やがて、黒い闇が襲ってきた。

ルークは、守護の魔法を全軍にかけた。オレンジ色の光は強く、闇の中で耀きを放つ。その光が雨を防いだ。が、その瞬間、真闇が逆に退いて、周囲が少し、明るくなった。

何が起こっているかを見定めようとして、もう一度、ルークは後ろを振り向いた。

もう、背後すぐに〈黒い雨の巨人〉は立っていた。ルークには、その巨人の〝顔〟が見えた。今度こそ捕まえてやる、と舌なめずりした邪悪な表情が。

そして、巨人はその巨大な手を振りかざした。

その手の下で、巨人の体が溶けていく。すると、それは黒い滝のような奔流《ほんりゅう》となって、疾走する軍列の最後尾を捕らえ、黒い雨の中に巻き込んだ。

凄まじい悲鳴が後方から巻き起こった。

人も馬も黒い雨に叩きつけられて、さらに空中に舞い上がり……そして、溶けて、雨とともに地面へと叩きつけられる。

恐怖がルークの心を支配した。

(ダメだ、こいつはぼくの力だけでは防げない！どうすればいい？)

ふたたび、雨は巨人の姿となり、背後で立ち上がる気配があった。たぶん――次に足を踏み出し、手を振りかざせば、あの雨はルークと、そしてゼラフィン皇子を襲う。

どうする？　時間はないっ、考えるんだ！

その時、いきなり、強い光がルークたちの後方から射してきた。

『ミリエル……！　よせっ！』

アリステルの悲鳴が心に聞こえてきた。

アリステルの視線を通して、不意に、ルークの心の中に、光に包まれたミリエルの姿が見えた。

何があったのか、ミリエルはひとりで馬に乗っていた。そして、馬上で、短剣を両手に持ち、その刃の切っ先を自分の胸に向けて当てていた。

彼女は頭上へと視線を向けていた。金色の髪が耀き、まるでミリエル自身が女神であるかのように眩く見えた。そして、ミリエルは夢見るような口調で、こう囁いた。

「女神よ、光の神リシンダ、わたくしの守護神、どうかわたくしの魂を、命を受け取ってください。その代わりに、皆をお助けください、あの黒い雨の悪鬼から。

我らが大切な皇子の命をお助けください。どうか――」

そう言うなり、ミリエルは短剣を一気に自分の胸に向けて突き刺した。

『ミリエル――やめろっ！』

ルークも叫んだ。止めようと、必死で自分の中にあるゼルク神の力も振り絞った。でも、ミリエルには何の躊躇いもなかった。彼女はまさに光の使徒だった。短剣は深く、美しいミリエルの胸深くに刺さって、血が噴き出した。

（ミリエル……！）

その瞬間に、ミリエルの体から、光が爆発するように放たれた。

光の女神リシンダの姿がうっすらと闇の中、空中に現れ、黒い雨の巨人に対峙するように立った。光の女神リシンダは、ミリエルと同じように光り輝く金色の髪をしている。白い顔は闇の中に冷たく光って見えた。

ミリエルの体から発せられた光は、優しく、丸いドーム状の結界となって、光が現れた衝撃で地面に叩きつけられるようにして停止した帝国軍の軍列全体を包み込んだ。

そして、黒い巨人の体はその上になだれ落ちてきて黒い滝のような雨となったが、その光に触れるなり蒸発していった。

黒い巨人は凄まじい咆吼をあげた。

ふたたび巨人の体を取り、立ち上がったが――ぐらり、とふらつくようにその巨体が揺れた。

また、巨人の体がこちらへと倒れかかってきた。

ルークは、馬から投げ出されて地面に倒れているゼラフィン皇子の体の上に覆い被さった。力を振り絞って、オレンジの守りの光を投げかける。万が一、あの巨人の黒い雨が降りかかってきても、皇子の命だけは守れるようにと。

黒い滝のような水が流れ落ちてくる。けれど、その水はその光の結界を浸すことはできずに、結界の周囲へと流れ落ちていく。

やがて――静かになった。

「動くなっ――結界の外に出るな、決して！」

ルークは、周囲に倒れている兵士たちに叫んだ。

ミリエルが命をかけて張ってくれた光の結界だ――この中なら、朝まで命を繋ぐことができる。

暗い――この結界の中で、何人が生き残ったろう？　アリステルは？　エルワンは？　ウルドラム将軍は？

同時に――涙が溢れ出てきた。

（ミリエル……！　なんてことだ――！）

ミリエル、あの娘は、まだ赤子の時からルークが育てたのだ。最初に見た時のミリエルは、目ばかりが大きく見える本当に小さく痩せた弱々しい乳呑《ちの》み児《ご》だった。ルークの腕の中で泣き声をあげ、ほんのちっちゃな飾り物の人形のように手で、ルークの人さし指を強く握ってきた。

ミリエルに山羊《やぎ》の乳を飲ませるのも、少し大きくなって柔らかく煮込んだ麦を匙《さじ》で少しずつ食べさせるのもルークの役割だった。這ってついてくるミリエルの両手を取って立たせ、やがて自分で立ち上がるようになって、笑って慕《した》ってついてくるようになるとその面倒を見るのもルークがやった。すごく……可愛い女の子だった。

ミリエルが少女になり、ルークの背丈を超して、ルークより先に大人の女性になっていってしまうと、ミリエルとの間には距離が出来るようになったけれど、それでもミリエルはルークにとって大切な存在だった。

（ミリエル――！）

何故、ぼくより先に逝《い》くんだ？　お前のほうがぼくより年下なのに。

その時、ミリエルの姿がふわり、と目の前に浮かんだ。

ミリエルは、ルークに微笑みかけていた。

『ルーク、悲しまないで。あなたのお役に立てて良かった』

ミリエルの声が、心の中に聞こえた。

ミリエルの白い手が、そっと、頬に触れてきたのが感じられた。そして、小さな接吻《せっぷん》が。

『――ありがとう、ルーク。あなたに慈《いつく》しまれて育ったことは、わたしの誇りです。わたしはリシンダの下にまいりますから、わたしの命はリシンダの光に癒され、決して闇に染まることはありません。その上、皆を助けることが出来たのですから、わたしは満足です。

さようなら、ルーク、あとのことはよろしく頼みます』

そして、ミリエルの白い光のような霊体は空中へと浮かび上がって行った。その魂を受け取ろうとするリシンダの光の手が、ルークの目に見えたように感じられた――。

どのくらいの時間が経っただろう？

ショックで、意識を失っていたらしい――ルークは、目を開いた。

　ゼルクの月が昇っていた。オレンジ色の月の光が周囲を柔らかく照らしている。

「――ひでぇもんだ。でも、この光の結界は誰が作ったんだ？　これはリシンダ女神の結界で、そう簡単には呼び出せない類《たぐい》のものだろ、サファリナ？」

「そうね。たいがいは犠牲が必要だわ、リシンダ女神は清らかな使徒の魂が大好きだし。

　誰かが犠牲になった――と考えるのが妥当《だとう》ね」

　……声がする。女性ふたりの声だ。

　そのほかにも、甲冑の掠れる音が幾つも聞こえるから、どうやらどこかの軍勢が来ているようだ。

「生きている者はみんな収容しろ！　……やれやれ、最初みつけた時には全滅しているかと思ったけれど、結構、みんな、生きているじゃないか。

　ウルドラムのおじぃはやっぱり悪運が強いな。今回もちゃんとぴんしゃんしてやがるし。おっと……これじゃないかい、あたしらの可愛い甥っ子くんは？　うん、生きていそうだぜ？」

　ルークは、目を擦った。

　ぼやけていた視界がはっきりする。

　ゼルク月が大きな目の前にある。そして、そのゼルクのオレンジ色の光が逆光になっているせいで、目の前にある大きなシルエットをはっきり見て取ることができない。

　紅い甲冑をつけた、大きな――女性の、戦士？

　彼女は、気を失っているゼラフィン皇子の横に膝をついて、その顔を覗き込んでいるようだ。

　その顔が、ふと、ルークのほうを向いて、ルークの顔を覗き込んだ。

　そして、大きく笑った。

「あなたも生き残っているみたいだね、魔法使い。あんたが誰だか、あたしには想像がつくよ。

　あんたは、グルクって名前の魔法使いだろう？

お祖父さまから話を訊いたことがある。違うかい？」

ルークの頭は、まだぼんやりとしていた。微かにこくんとうなずきながら、ルークは尋ねた。

「そうですけれど……あなたは、どなたです？」

すると、また、その女性の顔は人なつっこく、笑った。

「あたしかい？　あたしは——アムディーラっていうよ。

この、あんたがここまで守って連れてきてくれたゼラフィンの叔母に当たるね。

あんたとはお初にお目に掛かるね」

アムディーラ？　アムディーラって——。

（まさか……アムディーラ皇女？　〈帝国の双美姫〉の？）

その時、その大柄な女性の背後に、もうひとつの人影が立った。

ゼルク月の明るい光のせいで、その女性の青い美しい髪の色がはっきりと見えた。

「何してんのよ、アムディーラ。それがわたしたちの甥っ子なの？」

そう、もうひとつの声が呼びかけた。

（そして、彼女が——サファリナ皇女？　本当に？）

第四章

ふたりの皇女

1、キャゼノイの砦

「結局、二百騎の兵を迎えにやらして、生き残ったのは百二十騎？　それだって、まぁ、こうなると運が良かったんだろうしなぁ。

だから、最初っからあたしたちが迎えに行っちまったほうが早かったんだ」

「まぁねぇ、でも、リゼク兄上が必要ないって言ったんだし」

「何を意地張ってるんだろうねぇ、兄上も。あのヒト、さすがにお祖父さまの血を引いているだけあって、時々、わけわかんないところで変に意固地《いこじ》になるしなぁ。結局、あれだけウルスラ姫にめろめろになったんだから、素直にそれを認めればいいのに」

……今、ルークの前には、伝説の〈帝国の双美姫〉、アムディーラ皇女とサファリナ皇女がいる。ふたりともとても美しい姫君だ。いや、それはそうなんだけれど——ええと、なんだかその会話を聞いているふたりと、どうも、帝国軍の中で伝説にもなっているふたりの姫将軍というのとは、印象が違うような、いや、違ってはいないような……？

アムディーラ皇女は、とにかく、上背がある。もしかしたらウルドラム将軍より背が高いのではないか、と思われた。体型もがっしりしているけれど、シルエットは女らしく、肉感的である、とすら言えた。豊かな濡れたような色合いの黒髪、紅い挑発的とも言えるような炎華石《えんかせき》の宝石を思わせる瞳、顔立ちはとても端整すぎて、少し、男っぽくも見えてしまうほどだけれど、人の目を惹きつけずにはおかない美しさがある。真紅の厚手の衣服は、たぶん、その上にすぐに甲冑を着るためのものだろうと思う。けれど、とても凝った銀色の刺繍で飾られているものだから、部屋着にも見えて……そして豪華で派手な、高貴な雰囲気を醸《かも》し出している。

けれど、その紅い唇から出てくる言葉は辛辣《しんらつ》この上なく、しかもそういう言葉が弾丸のようにぽんぽん出てくるので――ええと。

「アムディーラ……その子が怯えているわよ」

サファリナ皇女が、ルークのほうをちらり、と見て、言った。

サファリナ皇女は、ルークの目の前で椅子に座り、その青い髪を櫛《くし》で梳《と》かしていた。

青い髪……！　話には聞いていたけれど、ルークは、青い髪の人と実際に会ったのは、これが初めてだった。それの初めてが、よりによってかのサファリナ皇女とは――！

（ほんとに……青い、んだなぁ……）

すごく美しい。水色がかった色合いのきらきらと輝くような髪で、水の精霊を見ているような気持ちになる……その髪が、水の流れを見ているように感じるからだ。

その上、サファリナ皇女の瞳の色は澄んだ紫色で、とても神秘的だ。その紫色の瞳と、とても怜悧《れいり》な感じの整った美貌のせいでちょっと冷たい印象を人に与えるかもしれないけれど。さらに青い体毛のせいか、肌色もまさに透き通るかのように白い。サファリナ皇女も、アムディーラ皇女と同じように部屋着を着ているけれど、それは淡いグラテーションの水色の豪奢《ごうしゃ》なものだ。

アムディーラ皇女よりは背が低いし体つきも小柄――に見えるけれど、実際には背はかなり高く、大柄な魔法戦士であるエルワンと並ぶくらいの背丈はあるようだ。アムディーラ皇女と並ぶと小柄でほっそりと見えるだけで。

サファリナ皇女の、その髪の色と瞳の色は、レイク皇子の側妃であった母妃と生き写しなのだそうだ。

アムディーラ皇女の黒髪と紅い瞳もまた、母妃から受け継いだものだというし。

……そう、この双子の皇女は、同じ日、ほぼ同じ時刻に生まれたので双子と呼ばれ、双子として育てられたというが、実の母親は違う。父親が同じである同父姉妹ではあるけれど。

しかも、アムディーラ皇女の母妃もサファリナ皇女の母妃も難産で、ふたりとも皇女を産み落とした直後に、命を落とした。

このふたりの孫娘の誕生にオカレスク大帝は大喜びだったという。大帝は、このふたりの皇女は帝国の礎《いしずえ》を築く者たちになるだろう、と予言した。そして、ふたりの皇女はオカレスク大帝の命令により、同じ乳母の乳を吸って成長したという。

……そして今。ふたりの皇女は、オカレスク大帝陛下の一番信頼する側近として、大帝陛下とともにこのハラーマから魔を祓う戦いの第一線で戦っているはずなのだが。

「でも、確か、彼はあたしたちとたいして年は違わないはずだろ？　もちろん、あたしたちのほうが年上のはずだけどさぁ。お祖父さまにはそう聞いたよ、違うのかい、グルク？」

アムディーラ皇女が尋ねてくる。

「はい、そのとおりです、アムディーラさま」

ルークは答えた。グルク、と呼ばれると、どきどきする。この小さな外見のせいで、その名で呼ばれることは滅多にないから。

「どっちがいいの、あなたとしては？　みんなはあなたのことをルークと呼んでいるみたいだけれど。わたしたちとしてはどちらでもいいのだけれど」

サファリナ皇女は髪を梳かし終わると、今度は爪の手入れを始めた。小さなやすりを取って、キレイに伸ばした爪を磨き始める。……あの爪で引っかかれたら痛そうだな、と思った。

「ルーク、とお呼びください、そのほうが皆が混乱しませんし、ゼラフィン皇子にもそう呼んでいただいていますので。

ぼくは、まだ、グルク、の名で呼ばれるに相応しいほどに成長していない、と自分でも感じます。いつか、その日が来たら、自然に皆にそう呼んでもらえると思いますし。

今度も、ぼくは、ぼくひとりでは皇子殿下をお守りすることが出来ませんでした……」

けれど、ルークはおどおどとした口調で、そう答えた。

（ミリエル――）

ミリエルが、犠牲になってくれた。そのおかげで助かったのだ。そのことがルークの心の深い傷になっていた。

小さかったミリエルのことをどうしても思い出してしまう。ちっちゃな手足、必死で乳を飲んでいたちっちゃな口、ミルクの匂いがする小さな赤ん坊だったミリエル――ぼくが、この手で育てたのに……！

「あの、光の結界を作るための犠牲になったリシンダの使徒だった娘は、あなたが育ての親だったのね――」

すると、ルークが話してもいないのに、サファリナは痛ましげにルークのほうを見てつぶやいた。

ルークは驚いた。

（心を読まれた……？）

すると、ルークの驚きを見て取って、サファリナはにこり、と笑って応えた。

「別に心を読んではいないわ。でも、今のあなたはとても動揺していて、感情がだだ漏れの状態になっているから、心を読もうとしなくても、大体のことは察せられちゃうわね、直感で。

なるほど、あなたのことはルークって呼んだほうがいいかもね。よろしく、ルーク。甥っ子のことはあなたに頼むわ。あの子も小さなひよこだから、あなたと仲良くしてくれると嬉しいわ」

戸惑いつつも、ルークは慌てて、頭を下げて挨拶をした。

アムディーラ皇女のほうは、サファリナ皇女のその決定に不満そうな顔をした。そして、ルークに言った。

「……いいのかい？　あたしたちは、魔力が強い者が体の成長が上手くいかなくて、実年齢より遥かに若く見える、というのはわかっているから、あんたがあたしたちの甥っ子よりずっと年上で――だから、あの子はあなたをうんと敬《うやま》わなければならないんだ、ということはあたしたちはわかっているけれど、あの子にそれをちゃんとわからせられるかどうかはわからないな、と思っている。

それはあなたにとってあまり良いことではないと思うんだよね……」

そのアムディーラ皇女の言葉を聞いて、ルークはこの方は優しい心根と気遣いをお持ちの方なのだ、ということに気がついた。

けれど、ルークは首を振った。

「ありがとうございます。ですが……ぼくは、自分が未熟者なのを知っています。オカレスク大帝陛下より、大切な曾孫であられるゼラフィン皇子のお命を任されたというのに、ミリエルの力を借りなければ助けられなかった。そのことを恥じていますし……」

「そんなことを気にするのは間違いだ。いや、もちろん、彼女のことは残念だと思うよ。

ミリエルは、あたしたちの魔下で働いてくれていたこともあるから、全然、知らなかったわけじゃない。アダク師の下にいたけれど、光の女神リシンダの使徒になっていると聞いて、ああ、そんな感じの女性だな、と思ったよ。彼女は、あたしたちの甥のために命を落としたのだから、彼女の犠牲には恩義は感じている。けれど、言わせてもらえば、魔界にいる時には、いつ誰がどんなふうに犠牲になるか、なんてのは、誰にもわからない。そして、それについては誰にも責任はないんだ。

　昨日まで隣で談笑して仲間として戦っていた者が、明日には冷たい骸《むくろ》になり、ヘタすると死霊になって襲いかかってくる。

　そんな繊細なことを言っていたら、あいつら、古き神々やタチが悪い精霊ども、悪鬼や悪霊どもを相手には戦えないぜ――？」

　アムディーラ皇女の冷静な言葉に、ルークはまた、顔を赤くした。

　それは……わからなければならないのだろう、と思う。ミリエルはもう何度も前線で戦い、ここでの戦いのことはわかっていたはずだ。だから、ミリエルがあそこで犠牲になることを選んだのは、ぼくという存在のせいだけではない、と思う。でも、そう思うことは、自分が許せないのだ――ぼくは、ぼくの力不足でミリエルを死なせてしまったことをちゃんと自分の問題として引き受けなければならない。そうでなければ――どうして、ここに居続けられるだろう？

「慰《なぐさ》めていただいてありがとうございます。ですが、できれば、ぼくのことは他の皆のようにルークとお呼びください、アムディーラ皇女殿下。お心遣いに深く感謝いたします。

　ぼくの外見がどうであれ、皇子殿下の信頼を勝ち得なかったとしたら、それはそれでぼくの力量です。もし、それだけの力をつけた時には、誰もがぼくのことを『グルク』、と躊躇わずに呼ぶでしょう。それまでは――」

アムディーラ皇女は、ふうん、という顔をして、ルークを見た。そして、手を伸ばすと、人さし指でルークの顎の先をちょんと触れて微かに持ち上げると、首を傾げて――言った。

「つまり。あんたは、今、ちょっとばかし落ち込んでいる……というわけだ、〈小さな枝の葉《ルーク》〉?」

また、ルークは頰を赤らめた。

そして、目を伏せた。

このふたりの皇女にこんなにも気持ちを読み取られるのも、自分の未熟さゆえだ、と思うと恥ずかしい。魔法使いとして必要なものは、どんな時でも自分を節制できる完璧な自制心だというのに。

「……わかったよ、あんたのことは、ルークと呼ぼう。でも、あたしがそのことで、ちょっとばかし気にしているってことはあんたの心の片隅に覚えておいてくれ、グルク。いいね?」

アムディーラ皇女のそのとても親切な言葉に、ルークは感謝してうなずいた。

ちなみに、ここはキャゼノイの砦だ。

ケシャナ女侯爵から、ゼラフィン皇子を守って城を出た一行に異変があったようなので、至急動いてくれ、という要請《ようせい》がアムディーラ皇女とサファリナ皇女にあったのだという。

エルワンは、ケシャナ女侯爵のレディ城に着いた時点で、実はゼラフィン皇子の命を狙っている闇の勢力がありそうだ、という報告をリゼク皇子、アムディーラ皇女とサファリナ皇女に入れていたのだそうだ。その時、ふたりの皇女は、その前の戦いで少しばかり戦力の損害が酷かったもので、補給のためにピザン平原に退いてきていた。それで話し合って、ゼラフィン皇子を迎えに行ったほうがいいのではないか、ということになり、このキャゼノイの砦にまで戻ってきていたところだという。

そこに、夜間、レディの森の方角に奇妙な光を見た、という衛兵の報告があり、もしや、と思って駆けつけたところ――ミリエルの光の結界の中に死屍《しし》累々《るいるい》、といった有様で大勢の帝国兵の兵士たちが倒れている上、結界の外には無惨な兵士たちの半ば溶けた死骸が散乱していた。だが調べてみると結界内で倒れている者たちはショックで意識を失っている者たちがほとんどで、大体の者たちには息がある。

さらに、倒れていたゼラフィン皇子とルークもみつけだした、ということで、皆を収容して、このキャゼノイの砦に引き上げてきたのだという。

ルークは、皆の中では一番早く目覚め、アムディーラ皇女とサファリナ皇女が見つけ出した時に意識を取り戻して、それ以来、何があったかなどを説明するために皇女たちから一緒にいるように命じられた。

ゼラフィン皇子は、今、隣の部屋で、まだ、昏々《こんこん》と眠り続けているはずだ。

ここは絶対に安全な場所だ、とサファリナ皇女から太鼓判《たいこばん》を押されているので、ゼラフィン皇子の傍らから今は離れている。本当はその横から離れたくはないところなのだけれど――。

アリステルもエルワンも、ウルドラム将軍もちゃんと生きていたし、それに百人以上の騎士たちが助かった。あの状況を思うと、それだけの者たちが助かったのは奇跡としか思えない。ミリエルの決断があと一瞬でも遅れていたら、ほとんど全員が死んでいた――おそらく、ルークに助けられたのはゼラフィン皇子くらいだったかもしれない、それも助けられたとして、だけれども。

ミリエルには感謝してもしたりない――。

その時……ゼラフィン皇子が隣の部屋で目を醒ましたのが気配で感じられた。

ルークは、座っていた椅子から思わず、腰を浮かせた。

皇子が目を醒ましたのは、ふたりの皇女もすぐに気がついたようだ。このふたりは、魔力が強い。特にサファリナ皇女の中にある魔力は、ルークですら、その力を探ると目が眩《くら》むのを感じて。恐ろしく巨大だ——おそらく。

アムディーラ皇女が、ルークのそわそわした態度に唇を綻ばせ、サファリナ皇女は冷たいとも思えるような口調で、そっけなく、言った。

「お行きなさい、ルーク。わたくしたちの甥をそれほど大切に思ってくれていて、嬉しいわ。

そして、目を醒ました甥に、初めて会う叔母たちに挨拶に来なさい、と伝えて」

ルークは立ち上がり、ふたりの皇女に丁重《ていちょう》な礼をした。

「はい、アムディーラ皇女殿下、サファリナ皇女殿下」

急いで、ルークは隣の部屋へと入っていった。

皇子の眠りを妨《さまた》げることがないように、と、部屋の窓の遮光カーテンが閉められていた。

「……ルーク？」

目を擦りながら、部屋に入ってきたルークへとゼラフィン皇子は不安そうに声を掛けてきた。

「はい、わたしです、皇子殿下」

ルークは寝台へと駆け寄りながら、皇子に答えた。

「ぼくは——？　今は、夜なのか、昼なのか、ルーク？　ここはどこだ？」

ゼラフィン皇子の矢継ぎ早の質問に、ルークは素早く答えた。

「昼です、皇子。今、窓を開けて部屋に光を入れますね。そして、ここはキャゼノイの砦です。ぼくたちは助かったのです」

皇子の様子がまったく問題がないようなのでほっと安堵《あんど》し、それから、ルークは窓に駆け寄って、部屋に光を入れた。

平原を照らすはずの空は曇り、どんよりとしていて、窓から見える風景は陰鬱だったけれど、それでも窓を開けると部屋の中は十分に明るくなる。

ゼラフィン皇子は寝台から降り、頭を押さえ、足下をふらつかせながら、スリッパを履き、窓辺へと歩いてきた。

陽光が皇子の頭に当たると、金色の髪が眩く輝く。その輝きを見て、ルークはゼルクの神々に感謝した——皇子が、死ななかったことを。

そして、また、ミリエルの犠牲を思い、心の奥深くで血を流した。けれど、アムディーラ皇女殿下の言うとおりで、その痛みをぼくは乗り越えていかなければならない、と思う。犠牲になってくれたミリエルのためにも。

「何があったんだ？　よく覚えていない——馬から落ちて、そしてきみがぼくの上に覆い被さってきて——最後に……光が——」

ゼラフィン皇子は尋ねてくる。

「そのとおりです、皇子。ミリエルが、光の結界を作りました。死を賭《と》して。そしてぼくらは助かりました——ぼくらみんなが」

ルークは答えた。

「ミリエル……あの女性の魔法使いが？」

ゼラフィン皇子は驚いた声をあげる。

ルークはうなずいた。

「その後、アムディーラ皇女殿下とサファリナ皇女殿下の救援が来て、ぼくらをこのキャゼノイの砦に連れてきてくれました。

犠牲は多く出ましたが、百名以上の騎馬兵が生き残り、ウルドラム将軍は無事ですし、エルワンも、それにもうひとりの魔法使いのアリステルも無事です。

隣の部屋には、アムディーラ皇女殿下とサファリナ皇女殿下がおいでで、皇子殿下のお目覚めを待っておられました。

すぐにお着替えくださいませ、殿下」

「叔母上たちが?」

ゼラフィン皇子の顔に動揺の表情が表れた。

ルークが入ってきた隣の部屋に続く扉を振り返り、狼狽《うろた》えた目でルークを見た。

「ええと、それは……! うん、わかった、着替えよう。うん――」

ルークは、部屋に運び込まれた箱箪笥《だんす》を開いて、中に整えられた皇子のために衣服を検《あらた》め、その中からふたりの叔母である皇女たちと対面するのに相応しいと思われる礼服を引き出した。

着替えている間じゅう、ゼラフィン皇子の目はそわそわと窓の外に向かっていて。やがて、窓の外から離れなくなった。

枯れた色合いの黄色い草が生える寒々とした草原がそこには続いている。それでも、砦の周囲は小さな溝のように水路が巡らせてあって、その周辺には木が生えている。そして、鳥らしきものが飛んでいるのも見える。

けれど、その他には、何も見えない。ただ、地平線までが平原で――。

生き物の気配がない。

そして、空はどんよりと曇っている。

「ここは、ピザン草原――なんだね、ルーク」

ゼラフィン皇子の腰の周りに飾り帯を巻いて結んでいると、皇子が尋ねてきた。

「はい、そうです、皇子殿下」

ルークは答えた。

そして、皇子の表情をちらりと見て。そして。小さな声で尋ねた。

「……オカレスティに帰りたい、ですか、皇子?」

そのルークの問いには、ゼラフィン皇子は無言で答えた。

外の世界がどんなところであるか、というのは、それは知識としては知っていたに違いないけれど。でも、あんな楽園のような美しいオカレスティに生まれてからずっと住んで育っていた人には、ここまでの道程だってきつかっただろうし、この平原を見ればどんな気分になるかはなんとなくルークにも想像はついた。

でも、ルークはこのいつもどんよりと曇った空、不毛の大地や魔の脅威、といった日常は幼い頃にいやというほどに経験している。だから……ああ、また、ここに戻ってきたな、と思うだけだ。でも、どちらに住みたい、と問われれば、当たり前だけれどあのオカレスティだ――。

用意が出来て、ルークはゼラフィン皇子とともにアムディーラ皇女とサファァリナ皇女がいる隣の部屋へと戻った。

ゼラフィン皇子はひどく緊張していたが、叔母たちのほうは若い甥っ子にからかいの視線を最初から向けていた。

「ふうん、リゼク兄上の息子にしちゃ上出来なんじゃないかな？　ウルスラ義姉上《あねうえ》に似て、なかなかの別嬪《べっぴん》さんだ。リゼク兄上も、あんたのその母親そっくりの顔を見りゃ骨抜きになるさ」

アムディーラ皇女はくすくすと笑った。

「そのうち、兄上と似てきちゃうかしらね？　やだわ。わたしたちでなんとかそれは阻止しましょうよ、アムディーラ。

この酷い戦場にようこそ、ゼラフィン。いやだったら、すぐにオカレスティに戻ってもいいのよ？」

サファァリナはゼラフィンを引き寄せて、その両頬にキスをした。

「いえっ、そんなことは――！

あの、初めまして、アムディーラ叔母上、サファァリナ叔母上、ぼくは……」

「ゼラフィンでしょ？　そんなの名乗らなくてもわかるわ。わたしたちも別に名乗らなくてもわかるわよね？

あの黒髪のおっきな叔母さんがアムディーラのほうよ？　で、わたくしがサファリナ。さすがに間違えないわよね？」

サファリナの問いかけに、ゼラフィンはまだ堅くなったまま、こくん、とうなずいた。

サファリナは、ゼラフィンの金髪の頭をやさしく両手で撫で、にこり、ときれいに微笑んだ。

叔母であるのに、ゼラフィンはそのサファリナの美しさに見惚れてか、ぽかん、と見上げたまま、動けなくなってしまった。

「蜜酒でも飲むかい？　もう、酒くらいは飲めるんだろ？　……ああ、ルーク、お前も飲むかい？」

アムディーラが、銀色の瓶を持ち上げて、水晶の杯へと注ぎだした。どうも、このふたりの皇女たちは、自分の身の回りのことを侍従や侍女たちにやらせる、という習慣がないらしいな、とルークはさきほどからのふたりのこの部屋での様子を見ていて、そう結論づけた。

ふたりの皇女の部屋は、オカレスク皇家の皇女の部屋とは思えないほどに、実に簡素《かんそ》だった。もちろん、皇女の部屋に見えない理由の一番大きなものは、甲冑や武具がところ構わず置かれ、なによりふたりの愛剣である、かの有名な二振りの水晶剣、炎の色をした水晶剣のシムルシス、それに水で作ったように見える青き水晶剣トムロークがそこに置かれているせいだろう。

その二本の水晶剣は、オカレスク大帝により愛する孫娘たちに贈られたものだという。その剣が大きな力を持っていることは、ルークにも感じられた。

「はい、よろしければいただきます、アムディーラ皇女」

ルークは答えた。あまり酒は得意ではなかったけれど、蜜酒くらいなら問題なく飲める。そして、喉が渇いていた。

アムディーラ皇女から蜜酒の杯を渡される。

そして、椅子を勧められ、ゼラフィン皇子とルークがふたりとも座ると、おもむろに、アムディーラは尋ねてきた。

「それで、まぁ、話してもらえるかな。……で、なんだってその、ケシャナ女侯爵の義理の娘なんざをあんたたちは連れていたりしたんだい？」

その時まで、ゼラフィン皇子もルークも、ディルフェカ、あの、〈古き闇の神〉の洞窟でみつけた謎の少女のことはすっかり忘れていた。

「やはり、あのディルフェカ、と名乗った娘は、ケシャナ女侯爵の跡継ぎの姫であるディルフェカ姫だったのですか？」

ルークは、唖然としてアムディーラ皇女に訊き返した。すると、アムディーラ皇女はうなずいて答えた。

「ああ。——ということは、あれがケシャナ女侯爵の跡継ぎの姫とは知らずにお前さんたちは連れていた、というわけか？」

「はい。それに、ぼくたちは、ディルフェカ姫はケシャナ女侯爵によく似た金髪の姫だと聞いていたもので——」

「うん、髪が闇に染まっているね。なんとか〝洗お う〟としたんだけれど、あれは難しいかもしれない。サファリナが試《ため》してみてもダメだったからなぁ……」

すると、蜜酒を飲んでいたサファリナ姫が口を出した。

「妙なことになっていたわね、可哀想に。あんなに見事な金髪だったのにね」

驚きで絶句していたゼラフィン皇子が、ようやく、そこで口を開いた。

「叔母上たちは、あの少女のことをご存じだったのですか？」

アムディーラは甥を見て、笑って答えた。

「ああ、ケシャナのところで何度か会っていたからね。まだ幼い頃から知っているよ。

あんな髪になっていて、驚いたが――。

どこで彼女をみつけたんだ？　なんであそこにデイルフェカ姫がいたのか、説明して欲しいね」

ゼラフィン皇子とルークは急いで彼女をみつけた経緯を話した。

その時、ルークはゼラフィン皇子には話していなかったエピソードを話さないわけにはいかなかった。ここで話さないことで重大な結果になる可能性もあったから。

すなわち、ケシャナ女侯爵の城で、不思議な闇の化身《けしん》のような者が皇子の様子を窺っていたことに気がついたこと。その者が話しかけてきて、オカレスク大帝陛下の血筋の者には手を出さない、と約束している、と話していたこと――。

アムディーラ皇女とサファリナ皇女は話をじっと聞いていて、ふたりとも最後には何やら合点がいかない、というような訝《いぶか》しげな顔をした。

「……妙な話ね、それは」

サファリナ皇女がつぶやいた。

「うん。だね」

アムディーラ皇女が相づちを打つ。

「なんだか聞いていると、その〝強い神〟というのは、どう考えても〈闇の大神ヴァイナーテ〉のような気がするけれど、あのお祖父さまが、ヴァイナーテとそんな盟約を結んでいる、なんて話は聞いたことがないしなぁ。それなら、あたしたちの戦いだってもっと楽なはずだ。あたしたちだってオカレスク大帝の血を引いているからね。でも、そんな手加減をされた覚えは一度もないしねぇ」

「〈闇の大神ヴァイナーテ〉……！」

ルークは、仰天《ぎょうてん》する。

「いえ、でも！　ヴァイナーテは、確か、二本の角を持ち、赤い一つ目であるはずじゃ……！」

「そうなんだけれどね。ヴァイナーテってのは、姿を結構、いろいろと変えるんだよ。他の古き神と違って。まぁ、ようするにそれだけの力があるってことなんだろうけれど……だから、よく、その変異の姿に惑わされて、違う神が現れたかのように錯覚するんだが、こういう場合は大概あいつなんだよね。

　黒目と紫目に、額に赤目、女身を持つ、というのも、ヴァイナーテが好む姿のひとつなんだよ。少年の姿を取ることもあるね。すごく癖のあるヤツで、いつも手こずらされるんだよね、ホントに」

　アムディーラの言葉を、サファリナが遮った。

「でも、待って。その、ディルフェカ姫の乳母の娘とおぼしき娘が、ゼラフィンに最初に訴えてきた時の姿は、どう考えてもグラヴィス神に闇の犠牲を捧げる時のやり方だし――。とすると、もともと、ディルフェカ姫を狙っていたのは、闇の神グラヴィスを信奉するグループだったんじゃないのかしら？」

「ああ、なるほどね」

　サファリナ皇女がそう言ったことに、アムディーラ皇女はようやく、少し、腑に落ちた、という顔をした。

「同じ闇の神でも、ヴァイナーテのやつはグラヴィスが大嫌いだからな。

　それにしても、レディの森の中に、ヴァイナーテのそんな大規模な神殿が埋もれているとはね。

　まぁ、確かにあの辺りは、以前はヴァイナーテ神が支配する土地だった。でも、だからこそ、ヴァイナーテ神はこちらに好意を少しでも持っているとは思えないし。むしろ、憎んでも余りあるだろう。そして、よき目的で、あの〈神〉がディルフェカ姫を捕らえ、そしてこちらによこしたとは考えにくいよね――」

「でも、わからないわよ、アムディーラ。お祖父さまのことだもの、どこでどんなことをしているかわかんないし。

聞いてみると、案外、何か心当たりがあるのかもしれないし。

今度、それについては聞いてみましょう」

ふたりの叔母の会話を聞きながら、ゼラフィン皇子の表情が次第に暗くなるのをルークは見て取った。

（たぶん……ゼラフィン皇子は、ディルフィカ姫のことを気の毒に思っているんだな――）

金色の髪を黒く染められてしまったケシャナ女侯爵の義理の姫君――それは、ただ髪が黒くなった、という以上に、何らかの影響があるに違いない。そして、それを為したのが闇の神であるグラヴィス神かヴァイナーテ神かはわからないが、いずれにしろ、ふたりの皇女の言葉を聞いていると、その影響はあまり良い方向のものだとは思えない。

「とにかく、ケシャナには彼女の義理の娘がこちらでみつかったことを知らせたほうがいいんじゃないの？」

サファリナの言葉に、アムディーラは立ち上がった。

「そうだね。フィリスを呼ぼう」

廊下へと繋がる扉へと歩いていき、外にいた衛兵を呼んで、何やら命じた。たぶん、フィリスを呼ぶように命令したのだろう。

「……フィリス？」

そうつぶやいたゼラフィン皇子の表情が、少し、明るくなった。

（フィリスというと――そうか、あの、オカレスティで出会った、白い翼を持つ魔法使いだ……いつも、ゼラフィン皇子と、ふたりの叔母上との間で伝令役をしている、ということだった——）

まもなく、アダク師とともにオカレスティの宮殿へと皇子を迎えに向かっていた時、白い翼をはばたかせて現れた、あの赤茶けたダークヘアの、陽気な笑顔を持つ女性が部屋に現れた。あの時も青い服を着ていたが、この時も同じような青い服を着ていた。

フィリスは、部屋に入ってくるとすぐにゼラフィン皇子に気がついて、眼差しと笑顔でまずは会釈してから、ふたりの皇女のほうへと恭《うやうや》しく腰を折った。

「アムディーラさま、サファリナさま、お呼びと聞き、まいりましたわ」

そして、ゼラフィン皇子のほうにも、素早く、優雅に礼をした。

「ゼラフィン皇子殿下、ご無事にお着きになったと伺い、お喜び申し上げておりました。道中は大変でいらしたそうですね。ですが、アムディーラさまとサファリナさまの御許においでになられれば、もうこのハラーマではここ以上に安心な場所はありませんわ、きっと」

ゼラフィン皇子は、立ち上がって、嬉しそうにフィリスの挨拶に応えた。

サファリナは立ち上がり、フィリスの前に立って、冷たい口調で命じた。

「フィリス、余計なことは言わないでいいのよ。すまないけれど、すぐにケシャナのところに行って欲しいの。レディ城よ。お前なら、ここから、夜になる前に辿り着けるでしょう？」

「はい、サファリナさま。明日には帰ってこれますわ、たぶん」

フィリスは、さらり、と答えた。

……いいなぁ、とルークは思わず、ため息をつきそうになった。

本人には聞いていないけれど、たぶん、フィリスが契約を交わして自分の内部に引き入れている古き神は、〈翔ぶ神〉ヤグジィのひとりだ。強い翼を持つ、本来はとても凶暴な神だが、相性が良ければ、呼び出して、自分の中に引き込むことができる。もちろん、とても強い魔力と精神力が必要だけれど。飛びたい誘惑に勝てず、ヤグジィを呼び出してはみたけれど、おさえ込むことができず、引き裂かれてずたずたにされて死んだ魔法の訓練生のなれの果てを一度ルークは見たことがある。引き裂かれた死体はヤグジィについばまれ、残骸はほとんど残ってなくて、ただ、血と内臓から中身がぶちまけられた糞《ふん》尿《にょう》と、それに食べ残しの一部の髪や服、指先などしかそこには無かった。けれど、彼の〝飛んでみたい〟という欲望〟はルークにもわかる。

「ケシャナに伝えて。あなたの義娘《むすめ》のディルフェカはわたくしたちが保護していると。〈闇の神〉に拉《ら》致《ち》されて、監禁されていたらしきところをわたくしたちの甥が救い出すことに成功した、と。

このキャゼノイの砦に、ケシャナ自身が、いい、ここは大切なところよ、必ず、ケシャナ自身が赴いて、迎えに来て欲しい、とね。

わかった？」

「はい、サファリナさま」

フィリスは、跪き、頭《こうべ》を垂れて答えた。

なるほど――ケシャナ女侯爵は、娘を、自分自身で迎えに来い、と〈帝国の双美姫〉から伝えられることで、娘の身に何か異変があったことを悟るだろう。賢いやり方だな、とルークは思った。

そんなことを考えた瞬間、また、心の中にミリエルの死のことが蘇って、思わず、涙ぐみそうになった。

ミリエル――！　当分、その死のショックは去りそうにない。けれど、これから戦場に赴こうとしているのだから。あとを頼む、と言い残したミリエルのためにも克服しなければならない傷だ。

（でも――辛いよ、ミリエル……）

ルークはみっともなく泣かないように、唇を食いしばった。今はゼラフィン皇子の御前だ、皇子のことに集中しなければならない――。

フィリスは、そんな彼の様子に気付いたのか、ちらり、と心配そうにルークのほうを見た。

魔法使い、というのは、こうした互いの内面に敏感なのでやりにくい。たぶん、ぼくの感情のうねりも、ふたりの皇女に知られてしまっているだろうな、と思うと、ルークは顔から火が出そうなほどに恥ずかしかった。

「では、皇女さま方、行ってまいります。

ゼラフィン皇子殿下、失礼いたしますわ。

ルーク、お元気ですか。またお会いした時にあらためてご挨拶しますわね。

では――行ってまいります」

そうフィリスは言うと、すぐさま部屋の大きな窓へと歩み寄って行き、その窓を大きく開いた。外には、あの陰鬱な平原の風景が広がっていて、部屋には生暖かい風が吹き込んできた。その大きい開いた窓の窓枠へと、フィリスは足を掛けた。

すると、フィリスの背中に、あの大きな白い翼が不意に現れた。純白の美しい翼だ。そして、その翼がふわりと動いて、大きくはばたいた、と思うや、フィリスは、窓外へと窓枠を蹴るようにして飛び出していった。

……落ちたようにも見えた。あっという間に、白い翼を持つ青い服を着た娘の背中が見えなくなり……と思うや、もう、その姿は遠くにあって、軽々と風を孕《はら》んで、飛んでいる姿が見えた。

アムディーラ皇女が、フィリスが飛び去った後の窓辺へと、おそらく、窓を閉めるためだろう、大股に歩み寄って行ったのだが、窓枠へと手を掛けたその時、何か黒い影のようなものがよぎって、その窓から何かが飛び込んできたのだ。フィリスと入れ替わり侵入するように。

（何だ……！）

ルークは、思わず、立ち上がった。その手は、無意識でいつも持っている魔法書を探る。侵入したものは撃退しなければならない。もちろん、ここにはルークより、おそらく、魔力も強いサファリナ皇女殿下がおられるけれど――。

「大丈夫よ、ルーク！　手を出さないで！　お祖父さまからの伝令鳥だわ！」

ルークを制するように手を上げて、サファリナが冷静に叫んだ。

それは、黒い巨大な鳥だった。黒く大きな強そうな嘴《くちばし》を持ち、漆黒の強そうな翼と尾羽を持つ――。

その鳥が、アムディーラ皇女とサファリナ皇女の前へと飛び込んできて、床の上に留まった。

（お祖父さまの――だって！　それじゃ……！）

アムディーラ皇女とサファリナ皇女が、祖父、と呼ぶ人物はひとりしかいない。オカレスク大帝陛下、その人だ。

2、大帝陛下からの伝言

黒い巨大な鳥は、猛禽《もうきん》類の顔はしていなくて、むしろ、ずる賢い顔つきをしていた。おそらく、よく屍肉《しにく》を食べている黒いこの種の鳥でビートと呼ばれているものがあるが、その姿によく似ていた。けれど、ただの鳥でないのは魔法使いにはわかる。鳥の姿をしているが、鳥ではない――！

鳥は、床に留まるなり、もやもやとした黒い靄のようなものに隠れ、その靄の中にぼんやりとした背の高い男性のような人物の姿が浮かんだ。

そして、鳥の大きな嘴が開き、いきなり、重々しい低い男の声でその鳥が叫んだ。

「アムディーラ、サファリナ！　すぐに戻れ！　ちょっと面倒な事態になって、お前たちの助けが必要だ。コリュテに来てくれ」

声は、そう告げた。

「はぁぁ？　どういうことだよ、くそじじぃ！」

思いっきり苛立った声で、アムディーラ皇女はその鳥に向かって怒鳴りつけた。

（く……くそじじぃ？　――）

聞き間違いだろうか、とルークは自分の耳を疑った。

まさか、オカレスク大帝陛下に向けた言葉――じゃない……よね？

「説明は、来てからする。ではな！」

切迫した声でそう言うなり、鳥を包んでいた靄のような黒い霧が爆発し――鳥の姿が霧散した。

「待てよっ、それで済ますつもりか、コンの――じじぃ！」

最後の〝じじぃ〟は、ものすごく怨念《おんねん》が籠もった怒鳴り声だった。

サファリナ皇女が、大仰にため息をついた。ため息をついた、というよりは、鼻を鳴らした、というのが近い感じであったけれど――。

「コリュテねぇ……また、何をやらかしたのかしら、お祖父さま。行くしかないわね、アムディーラ。この間はお祖父さまに助けていただいてしまったし。――でしょ？」

「だってねぇ……言ってあったはずだぜっ、あたしたちは、退いて、ちょっと休むって。それでイイ、つーたのはお祖父さまだったじゃないかっっ。それを……いや、それより、ほんとに何しやがったんだ、また、あいつはぁぁ――」

アムディーラが叫ぶのを、サファリナは宥めるみたいな口調で、だが、十分に彼女も怒った様子で、応えた。

「どうせ、いつもみたいに、藪《やぶ》をつついたら、何か出たんでしょ？　ホントに懲りないんだから。はぁ――コリユテねぇ……」

うんざり、というようにサファリナは顔をしかめて、口を閉じた。

憤まんやるかたない、という顔でわめいていたアムディーラも、黒髪を豪快に掻きむしり。そして。大きくため息をついて、壁に立てかけてあった、紅い水晶剣へと手を伸ばした。それをほとんど無意識の動作、というように、腰の剣帯に吊るす。

壁に立てかけてあるのを見た時には、女性には大きすぎるし長すぎる剣なんじゃないだろうか、とルークは思ったものだが、それは大柄のアムディーラ皇女の腰にはぴったりと合っていた。

サファリナ皇女も、青い水晶剣を取って、腰に佩《は》いた。

伝説の二振りの剣、シムルシスとトムロークが、その持ち主の身に纏われるのを見ると、それだけでもルークの心臓はちょっとどきどきしてしまう。

アムディーラは、茫然としている甥のゼラフィン皇子のほうを見て、ちょっと首を傾げた。

「……この調子だと、たぶん、リゼク兄上のほうにもお祖父さまからの要請はいっていると思うけれど――どうかな、行かれるかな、兄上は？」

サファリナは、つん、とした顔をして、肩をすくめた。

「さぁ？　どうかしらね。さすがに兄上も最近のお祖父さまの動向にはむかついていらっしゃると思うし――動かない可能性もあるわよねぇ。

ほんと、お祖父さまには何を言っても無駄よね。地を聖化する魔法使いの数だって全然足りてないのだし、これ以上、お祖父さまが征服を広められても、わたしたちの臣民たちにとって苦労が増すばかり――それは説明しているのに……ほんとに全然、耳に届かないんですもの――」

そのサファリナ皇女の言葉を聞いて、ルークは、ケシャナ女侯爵からのゼラフィン皇子へと託された伝言のことを思い出した。

最前線と、その後方の防衛線が離れすぎてしまって、兵たちが疲弊している、とケシャナ女侯爵も訴えていた。

つまりは、このことは前線で戦う者たちの共通した思いなのだな、と。

アムディーラ皇女はゼラフィン皇子の顔をじっとみつめて、しばらく考え――そして、言った。

「本当なら、お前を先にコフィーまで連れて行って兄上と引き合わせるべきなんだが、お祖父さまからの危急《ききゅう》の要請を今、あたしたちは断るわけにはいかないし。それに、コフィーに行っても、兄上は、あたしたちと同じようにコリュテに向かった後かもしれない。

それを考えると、お前は、あたしたちと一緒に来たほうがいいと思うんだが、ゼラフィン――一緒に、来るかい？」

「はいっ！」

即座に、ゼラフィン皇子は答えた。

「お連れください、叔母上！」

アムディーラ皇女とサファリナ皇女は、素早く、視線を交わした。

サファリナは、また、肩を軽く、すくめた。それが、了解の意味らしい。

「決まりだ。それじゃ、出陣の準備を整えなさい、ゼラフィン。いつでも出撃できるように」

そう言うなり、アムディーラ皇女はつかつかと部屋を横切り、出口の扉をぐいと開けた。そして、そこにいる衛兵に怒鳴った。

「大帝陛下からの出撃のご命令だ！　ボザーン将軍に皆を呼び集めて、広間に来い、と伝えろ。あと、ウルドラム将軍とエルワンにも来るように、と。急げ！」

出ていくアムディーラ皇女の後を追おうとするサファリナ皇女に向かって、ゼラフィン皇子は慌てて、話しかけた。

「あのっ……叔母上！」

なぁに、というように、訝しげにサファリナ皇女は甥を見返した。

ゼラフィン皇子は一瞬、躊躇い、それから、はっきりした口調で、こう、尋ねた。

「その。出かける前に、ディルフェカ姫とお会いする時間は――あるでしょうか、叔母上？」

サファリナ皇女の、紫色の瞳は、すっ、と冷たく、狭められた。けれど、すぐに鷹揚《おうよう》に答えた。

「そう。会いたいなら、今日じゅうにすることね。たぶん、明日の朝にはこの砦を出発するわ」

「わかりました、叔母上」

ゼラフィン皇子はうなずいた。

「お前が会いたいなら、案内するように、この部屋の外に立っている兵に伝えておくわ。ルークも連れて行きなさい。ひとりになってはダメよ」

そう言うと、サファリナ皇女も部屋を出て行ってしまった。

ゼラフィン皇子と、ルークが、部屋に残された。

ふう、とふたりともが、期せずして、同時に吐息をついた。

すると、照れくさそうにゼラフィン皇子はルークを見て、ルークは頬を少し赤らめた。

「なんだか――やっぱり、大変だね」

小声で、ゼラフィン皇子がつぶやいた。

ルークも、こくり、とうなずいた。

3、ディルフェカ姫

（なんだか――結構、ざっくばらんな関係……なのかな、うん）

まぁ、戦場ではそんなものなのかもしれないけれど。それに、反発はしていたようだけれど、すぐに命令を聞いて、動くようだし。

ゼラフィン皇子とともに、案内されて、ディルフェカ姫の許へと赴くため、廊下を歩きながら、ルークはオカレスク大帝陛下を、アムディーラ皇女が大声で罵《ののし》っていた件で、まだ、少しばかりショックを受けていた。いや――あの声が大帝陛下に聞こえていたかどうかはわからないから、別に問題はなかったのかもしれないけれど。

（でも、大概のああいう伝令鳥の魔法は、双方向のはずだよね？）

よりによって、大帝陛下を――くそじ（以下略）とは――。いや、アムディーラ皇女にとっては、本当に大帝陛下は祖父なのだから、大帝陛下を、爺、と呼べるのはあのおふたりの皇女とリゼク皇子殿下しかおられないわけだけれど。

「こちらです、皇子」

やがて、案内の兵は、砦の塔の上にある一室へとふたりを導いてくれた。

その部屋は客間であるらしく、こんな砦の中にあるとは思えないほどに調度も豪華に整えられ、足が沈むような真紅の絨毯が敷かれていて、どんな貴婦人が宿泊しても満足させられるような内装の部屋になっていた。

そして、そこに、真珠色の裳裾《もすそ》の長い高貴な姫君の衣装に身を纏い、腰にはオレンジ色の飾り帯を巻いて、すっかり本来の、大切に育てられた侯爵家の跡継ぎの姫君に相応しい姿に戻ったディルフェカ姫がいて、ゼラフィン皇子が入って行くと、恭しく、優雅な動作で礼をした。

あの黒髪はきれいに梳《くしけず》られて結い上げられ、あのレディの森一帯で慎《つつ》ましさを表すために未婚の女性がよくつけていた真珠色の小さな帽子を上品に被っていた。

「ゼラフィン皇子殿下、わざわざお出ましいただき、ありがとうございました。わたくしのほうから御礼に出向きたいと思っておりましたのに。

　命をお救いいただき、心より感謝いたします。オカレスク皇家の皇子殿下に我が命を助けられましたことは、わたくしの終生の誇りになりますわ。

　わたくしは、ケシャナ侯爵家のディルフェカです。大伯母も、わたくしの命をこうして救っていただいた皇子殿下に深く感謝申し上げることと思います。

　厚く御礼申し上げます。ありがとうございました」

　丁重にそう礼を述べると、少女は顔を上げた。

　長い睫毛に縁取られた、黒目がちの大きな瞳が、こちらを見上げた。

　愛らしく整った顔立ちは完璧に造型されていて、人形めいて見えるほどだった。これほどに美しい少女だったとは、とルークも息を飲んだ。

　なるほど、一度、この少女を見たことがある者なら、髪と瞳の色が違ったくらいでは見間違うことはないだろう。あの神殿で発見した時には、やつれていたし、顔も汚れていて、こんな美しい少女だとはわからなかったけれど。

「ディルフェカ姫、ご無事でなによりでした。あなたの姿を実は何度も夢の中で見たのです。あなたは、暗い中で歌を詠って、必死で耐えておられた。なんとしても助けたい、とそれでぼくは思って……。

　一体、あなたの身に何があったのですか？」

　ゼラフィン皇子は緊張した面持ちでディルフェカ姫の前に立ち、最初は声が震えたものの、一気にそう尋ねた。

　少女は、哀しげに皇子を見上げた。黒い瞳が悲しみに揺れ――。そして、その眼差しを伏せると、はきはきとした口調で答えた。

「何があったのか、わたくしにもよくわかりません。大伯母はわたくしの警備には常日頃《つねひごろ》、とても気をつけてくださっていました。わたくしが大伯母の跡継ぎに選ばれたことを快く思っていない者が城内にもいることはわかっておりましたし――。

ですが、そうした厳重な警備を何者かが破ったのでしょう。ある晩、わたくしと、いつも寝食をともにして離れたことがない乳姉妹だった、乳母の娘のエリナとは、気がつくと、闇の使徒たちに囚われていました。

エリナは気丈に希望を失わないように励ましてくれましたが、そんなエリナがわたくしより先に〈闇の儀式〉の犠牲に――。わたくしには何をしてやることもできませんでした、何も……。ただ、目を逸らさずにその最期までを見届けてやること以外、何も」

そう淡々と話すディルフェカ姫の黒い瞳は、目の前のゼラフィン皇子もルークも見ず、どこか遠くを見据えていたが、決して涙ぐんでもいなければ、弱くもなかった。唇を微かに震わせたが、声もしっかりとしていた。

エリナ。それは、あの少女だろうか、とルークは思った。沼地で、皇子へと語りかけてきたあの黒い死霊――無惨な姿であっても、必死で、ディルフィカ、の名前と、助けてくれ、と、そのふたつだけは伝えてきた。助ける、と約束すると、微笑んで、浄化されて消えて行った。

こうして、目の前にこの少女がいる。だから、あの無惨な姿となっても魂だけになって訴えてきたあの少女との約束は、少なくとも、ぼくは守れたんだな、とルークは思った。

（ぼくの力で――ではなくとも……）

忸怩《じくじ》たる思いが心を塞ぐ。

「次はわたし――もちろん、そのことをわたくしは覚悟していました。でも、死にたくなかった。わたしは殺される前にせめてもの返り討ちをと思い、両手の縛《いまし》めを解かれた隙を狙って、手に印を結び、我がケシャナ侯爵家の守護神であるジリオラ女神に願いました、我が血を使い、エリナに死をもたらした者に即座の死を、と。その願いは叶えられたはずです。でも、わたくしはふたたび捕らえられ、闇に捧げられたはずです。ですが――気がつくと、わたくしは闇の中にひとりでいました。自分の意識があることにわたくしは驚きました。

暗くて何も見えず、自分がどこにいるかもわかりませんでしたが、手足を動かすことができ、生きているのは感じました。けれど、あまりに暗くて――気が狂いそうなくらいな暗さでした。怖くて、わたくしは動くことができませんでした。それに、やみくもに動くことが賢い行為とも思えませんでした。それで――わたしは歌を歌うことにしたんです、自分の正気を保つために。

食事は、定期的に現れました。人の力ではなく、何らかの神の力であると感じられましたが、その食事はお椀の中に入った何らかの動物の生肉で――血が付いたその肉を口にすることは最初は躊躇われましたけれど、命を繋ぐためにはやむをえないと考えて、必死で食べて、飲み下しました。肉を食べると、その後、不思議な踊り手たちがどこからか現れて、わたしの周囲で踊り始めました。それらのことから、命を長らえていても、決してよい意図を持つ神の下にいるわけではないことがわかりました。

でも、それでも、生かされていたので、生き続けることにしました。このままでは死ねない、と思いましたし、生きている限りは諦めてはならない、と教えられて大伯母に育てられましたので。それでも、二度とこの世で光を見ることはできないのかもしれない、と絶望しかけていました。ですから……本当に感謝します、ゼラフィン皇子殿下」

ディルフェカ姫はそう話すと、ふたたび、頭を深く下げて、ゼラフィン皇子にその謝意を表した。

「いや——その、ぼくたちはそんなに……たいしたことをしたわけじゃないよ」

ゼラフィン皇子はそう答えつつ、目を瞠って、毅《き》然《ぜん》とした態度を取る、救われた侯爵家の姫君に見入った。

ルークも驚いていた。この少女は、なんと強いのだろう、と。

あのケシャナ女侯爵が、自分の跡継ぎに、と望んだだけのことがある——あの〈闇の神〉の神殿で彼女が何昼夜も生き延びたのは、理由がないことではなかった、というわけだ。

結い上げた帽子の中に入りきらず、背中から肩へと流れている黒髪へとゼラフィン皇子は目を向けた。

長い髪で、とても艶やかであり、流れるようで美しい。でも——その黒い色は、彼女の本来の髪の色ではないはずで……。

ディルフェカは、その視線に気付くと、ふと口元を微笑ませて、自分のその黒い長い髪の先端を手に取った。

「……鏡を見て、今の自分の、以前の容姿との違いに、わたくしも少し、戸惑っています。お聞き及びのようですね。そう——この髪と、瞳の色は、わたくしが母から生まれた時から〈闇〉に囚らえられた時までにあった髪と瞳の色とは違います。

違和感はありますし、ただ、髪の色と瞳の色のことだけで、その影響がわたくしやわたくしの周囲に何もなければいいのですが、そのことだけが不安です。手足を奪われたわけでなし、顔の表面の皮の一枚や二枚、剝がれようとも命には別状はない。命長らえたのですから、この程度のことはどうでもいいことです……でも、この髪と瞳に、何らかの魔が関わってなければいいのですが」

若い娘にとって、そうした外見の問題は小さなものではないだろう、と思うのだが、ディルフェカ姫は意に介さない様子で、そう言い切った。

確かに、この姫君は、あのケシャナ女侯爵の跡継ぎの姫だ、とルークは思った。おそらく、戦う術についても学んでいるのだろうし、とても細い体つきをしている幼さも残るまだあどけない顔をした美少女なのに——言葉の端々に感じるのは、いつか人を率いる立場になる者としての資質の大きさだ。

「きみは——」

ゼラフィン皇子も、ルークと同じことを感じたのだろう。息を飲んだまま、少女をみつめていた。

それから、ふっ、と体から力を抜き、微笑んだ。

その微笑みに気付いて、ディルフェカ姫は訝しげな目を皇子に向ける。

「いや……その、きみの強さの十分の一でも、妹のミシャーラにあれば——母はとても満足するんだろうな、と思ってね」

ゼラフィン皇子は、苦笑いしながら、つぶやくように言った。

「ミシャーラさま——妹君の、ミシャーラ皇女殿下でいらっしゃいますか？　このレディィの地でも、姫君の愛らしさについては聞き及んでおります。光輝くような姫君であると——」

ディルフェカは、ゼラフィン皇子の言葉に当惑しつつ、答える。皇子はうなずいた。

「確かに、可愛いのだけれど、とても気が弱くて泣き虫なんだ。母上はそのことが何よりも歯痒いらしくてね……母上がお望みなのは、大帝陛下のお役に立つような、強くて戦える皇女なので。叔母上たちのような」

「まぁ——ウルスラ皇妃陛下ですね。それは……でも、あの方たちは特別ですわ。わたくしだって、とてもあのようには」

ゼラフィン皇子の母后ウルスラ妃が、皇子に戦うことを望み、そして、こうしてゼラフィン皇子がオカレスティから出陣してきた経緯については、たぶん、大伯母から聞いていているのだろう、ディルフェカの表情に狼狽《ろうばい》が表れる。ゼラフィンはまた、優しく、少女に微笑みかけた。

「でも。きみは戦うことを知っている。そうだろう、ディルフェカ姫？」

そして、目の前の勇敢な姫君の手を取ると、その指先に、皇子は、敬愛のキスをした。

少女の狼狽はさらに激しいものになった。あのように状況にあって少しも落ち着きを無くさず、今だってとってもしっかりした態度を取っていたのに、皇子の指先への接吻にはどう対処していいのかわからなかったらしく、動転した顔になった。

そして、そうした表情を見ると、ディルフェカ姫はまだ、とても幼い少女であるのがわかった。

ゼラフィン皇子が、十五歳。でも、たぶん、ディルフェカ姫は、それよりは年若いように見える。

そして、少年と少女はともにまるで人形のように美しく、とても似合いの一対のように見えて、ルークは少し、当惑した。これは——？

「きみは、とても強い心を持っているし、何にも怯《ひる》まず、立ち向かう精神を持っていますね。そのことに、ぼくはとても大きな感銘《かんめい》を覚えました、ディルフェカ姫。あなたのその強さを、ぼくは尊敬します。あなたのその強さを称えたいと思います。あなたは、とても偉い人だ」

ディルフェカ姫は首を振った。

「それは——わたくしが、ハラーマの辺境に住む娘だからですわ。オカレスティのように安全な場所ではありませんもの、このレディの地は。

ですから、わたくしなど、賞賛に値する者ではございません、ゼラフィン皇子殿下。お忘れください」

「いいや、ぼくは決して忘れないよ。

そして、これから、ぼくは、叔母上たちとともにオカレスク大帝陛下の要請に基づいて、初めての戦いに赴くことになるんだ。

ぼくは、緒戦を前にして、正直なところ、少し、怯えている。そんなぼくを憐れんで、どうかぼくの武運を祈ってもらえないだろうか、姫君――とても強い君に。

そうしたら、ぼくは、少し、勇気を持てるような気がする――」

おそらく、ゼラフィン皇子の眼差しの真剣さから、すぐにディルフェカ姫は、少年のその言葉が真摯《しんし》なものであることを感じ取ったのだろう。

じっと皇子をみつめ返し。それから、皇子の手を取り、その手を両手で包み込んだ。


その両手が、微かにオレンジ色の光を放つ。

ゼルクの神の魔力だ。

光は弱いものだったけれど――でも、この娘はやはり、魔法使いの力を持つ者のひとりなのがその光でわかる。

娘は、祈った。

「ゼラフィン皇子殿下――オカレスク大帝陛下の血を引かれる貴《とうと》きお方、わたくしの力は拙《つたな》いものですが、お祈り申し上げます。

貴方の行かれる先に、素晴らしいご武運がありますように。勇ましく戦われて大きな武勲《ぶくん》を挙げられますように。そして、凱旋《がいせん》し――この砦に、またご無事でご帰還あそばされますように。

わたくし、ディルフェカは、心よりお祈り申し上げます、わたくしの命の恩人であられる貴方さまのために」

祈りは、力となる。特に、無垢《むく》にして高貴なる姫君の祈りは。

ディルフェカ姫の両手に灯ったオレンジ色の温かい光は強く輝き、そして、すうっ、とゼラフィン皇子の体の中へと吸い込まれて行った。

「……ありがとう、ディルフェカ姫」

ゼラフィン皇子は、嬉しそうに囁いた。

少年の顔つきが、少しだけ、逞しさを増したように、ルークには感じられた。

4、砦よりの出陣

このキャノゼイの砦がどれほど巨大なものであるのか、ということに、ルークは砦からアムディーラ、サファリナ両皇女殿下とともに、ゼラフィン皇子の後に控えて、隊列を組み、出陣していくその時まで気がつかなかった。

軍馬の整然とした動き、騎馬兵たちの隊列と、弓《きゅう》兵《へい》たちを乗せた戦車、それに馬車に荷を詰め込む輜《し》重《ちょう》隊の出す号令と怒鳴り声——さまざまな喧噪《けんそう》の規模の大きさに、まず、度肝《どぎも》を抜かれた。

「早くしろっ、ぐずぐずしていると、この砦に置いて行くぞっ！」

汗だくの作業をしている兵士たちに、容赦なく、怒号が襲いかかる。

この砦だけで、四千の〈帝国の双美姫〉麾下の精鋭軍がいて、その全員が皇女とともに移動する。もちろん、この砦の守備隊もいて、その部隊はここの残るわけだけれど。

むろん、アムディーラ皇女、サファリナ皇女麾下の軍はそれだけではなく、この先に一万五千の兵がいて、十日後にはより前線近くにいるその軍と合流するのだという。ここに皇女たちが連れてきているのは、いつも皇女たちと行動をともにしている親衛隊とも言うべき精鋭軍だけだ。

ゼラフィン皇子とともにオカレスティより出発した二百の騎兵の生き残り、およそ百二十騎はエルワンとともに引き続きゼラフィン皇子の周囲を護るために皇子とともに進むことになり。ウルドラム将軍はアムディーラ皇女とサファリナ皇女の命令で違う部隊を率いることになった――もともと、ウルドラム将軍の配下であった部隊らしいが。

アムディーラ皇女とサファリナ皇女に、もっとも信頼を寄せられているのは、ボザーン大将軍だ。アムディーラ皇女と並んでもちゃんと大男に見える、立派な頬髭を蓄えた、がっしりとした体格をした老将である。このボザーン将軍の下には、千から二千の兵に分かれた部隊毎に将軍がいて、それぞれの指揮下に部隊を置いている。

さすが、〈帝国の双美姫〉の直属部隊だけあって、どの兵士も面構えが素晴らしく良く、出撃するにあたってもぼやぼやしている者などはひとりもいない。きびきびと動いて、あっという間に砦から次々に出立していく――。

アムディーラ皇女は紅い甲冑を、サファリナ皇女は青い甲冑を身につけている。

アムディーラ皇女はあの黒髪を三つ編みにしているのだが、サファリナ皇女のほうは相変わらず、あの青い水の流れのような美しい髪を風に吹き流しているのが印象的に見える。

ふたりの皇女が轡を並べて砦の建物から出てくると、すべての兵士たちが、楯を剣で、あるいは手近にあるものを何でも打ち合わせて、歓呼の声をあげる。声を合わせて、「アムディーラ！」「サファリナ！」「我らが〈帝国の双美姫〉！」と！

その歓呼にめんどくさそうに時折手を挙げて答えるのがアムディーラ皇女で、涼しげな美しい笑顔で愛想を振りまくのはサファリナ皇女のほうだった。

今のところ、兵士たちの目には、その後ろに続くゼラフィン皇子は、視界に入っていないようだったが——それは仕方ないだろう、彼らはただ、ふたりの〈帝国の双美姫〉にだけ忠誠《ちゅうせい》を誓っているのだから。

「皇子——あれをご覧ください」

砦を一度だけ振り返ったルークは、塔を仰ぎ見て、それに気がついて、ゼラフィン皇子に告げた。

塔の窓から——オレンジ色のものが見える。あれは、昨日、かのディルフェカ姫が身に巻いていた腰布ではないか、と思われた。

ゼラフィン皇子も、ルークに言われて、気がついたようだ。

ディルフェカ姫の細い白い手が、その窓から振られているのが、遠目にもわかる。

ゼラフィン皇子は、塔に向かって、手を振り返した。おそらく、塔から見下ろしている少女の目にはその動作はちゃんと映ったことだろう。


ルークは、昨日、夕刻の、一番陽の光の力が強くなる時に、アムディーラ皇女とサファリナ皇女が営《いとな》んでくれた、ミリエルたち、今回のことでの犠牲者たちの葬儀のことを思い出していた。それはたぶん、ふたりの皇女がルークに対して示してくれた配慮だったと思う。

眠るように、ミリエルの遺体は横たわっていた。目を閉じ、安らいだ表情で横たわるミリエルは、生きていた頃よりも幼く見えた。もしかしたら、その顔に幼い頃のミリエルの面影をルークがみつけていたからかもしれないけれど——。

ルークに襁褓《むつき》の頃から育てられたミリエルにとっては、ルークは親にも等しい存在だったはずだ。ルークにとって、ミリエルは娘同様に可愛い、慈しんだ存在であったように。ミリエルが成長してしまってからは疎遠になっていたけれど——。

ミリエルは、光の女神リシンダの許へ行き、その肉体は薪《たきぎ》の上に乗せられ、燃やされ、天へと戻って行った。他の、犠牲になった騎士たちとともに。

ミリエルの死を重く受け止めるからこそ、ルークは落ち込んでいてはいられなかった。

真の戦いが始まるのは、これからだ――！

第五章

真実の戦い？

1、コリュテに向かって

「オカレスク大帝陛下と叔母上たちは、あまり仲がおよろしくなかったりするのですか、フィリス？」

フィリスに向かって、ゼラフィン皇子がそう尋ねたことで、ルークは、皇子も、ぼくと同じことを気にしているのだな、と密かに思った。

アムディーラ皇女とサファリナ皇女が、祖父である オカレスク大帝陛下について話している時、大帝陛下に対しての敬意や憚《はばか》り、というものがあることは滅多になく、たいがいはかなり不敬な言葉で罵ったり文句を言ったりしていることが、ずっと気になっていたのだ。

なにしろ——オカレスク大帝陛下なのだから。この帝国の誰もが、大帝陛下を畏れ、敬っている。ルークなど、その名を口にするだけで、緊張して、少し、唇が強ばるくらいだ。

ゼラフィン皇子にとっては身内だから、また、思いも違うのだろうけれど。でも、いままでいろいろと話し合ってきた中で、皇子が、曾祖父であるオカレスク大帝をとても慕い、尊敬し、その血を引く者であることを誇りにしていることは痛いほどに感じていた。だから——それは、ゼラフィン皇子にしてみれば、気になることだろうな、とルークも思っていた。

ゼラフィン皇子やルークと轡を並べて馬を進めていたフィリスは、皇子の問いかけに驚いたように目を瞠らせた。

フィリスは、レディ城のケシャナ女侯爵のところへとディルフェカ姫のことを報せに行った後、すぐさまキャノゼイの砦に取って返して来たのだが、その時にはすでに〈帝国の双美姫〉麾下の軍はすべて出陣した後だった。置いてけぼりをくらってしまったことに、一瞬、茫然としたそうだ。

が、すぐ気を取り直して後を追いかけてきて、次の日には合流していた。

それからしばらくの間は、フィリスはふたりの皇女の命令でさまざまな場所へ伝令に飛ばされていて、よく、皇女の下から白い翼をはばたかせては舞い上がっていったり、あるいは行進の最中に戻ってきたりしている姿を見かけていた。

やがて、進むにつれてふたりの皇女が率いる軍の規模は膨れ上がっていき――。

今は、どれくらいの軍勢になっているのかは、ゼラフィン皇子やルークにも把握できなかった。おそらく、一万は超えているだろうと思えたが、何故、よくわからないかといえば、必ずしも全軍が同じ動きをしているわけでもないらしいからだ。たとえば、昨日いたと思う部隊が、次の日にはみかけなくなっていたりする。あるいは、不意に新しい部隊が増えていたり。

だが、この十日ほど、フィリスはあまり伝令に出されなくなった。

そうなると、フィリスはどうもゼラフィン皇子かルークかに興味津々《きょうみしんしん》であるらしく、よく笑いかけてきたり、近づいてきたりした。もちろん、それはフィリスが常にふたりの皇女の近辺の警護部隊の中にいるからできることだったのだが。

ゼラフィン皇子とフィリスとはかねてからの顔見知りなので、気がつけば、皇子もフィリスに声をかけて、疑問に思ったさまざまなことを聞いたりしていた。

この行軍の最中、実を言えば、ゼラフィン皇子とルークは、あまりに構われていなかった。

もちろん、誰もが若い皇子のことを丁重に扱ったが、行軍中の部隊は誰もとても忙しく、自分の責務に関係しない相手に注意している時間など、どこにもない。

もちろん、警護の者たちはいる。ただ、基本的にはゼラフィン皇子の警護はこの行軍中はふたりの皇女の親衛隊が兼務することになっていた。彼らはあまりに任務に忠実なので、皇子やルークに必要以上に声を掛けてくることもなかった。

エルワンやアリステルといったルークの魔法使いの仲間も同じ行軍中の部隊の中にいたが、話をする暇はなかったし、こうした行軍の経験すら初めてであるふたりは、緊迫した空気の中で、皆とともに進みつつも、いささか孤独を感じていた。だから、フィリスがそうしてふたりに構う様子を見せてくれると、とても嬉しかったのだ。

「いいえ、仲がお悪いなど、あるはずもないことですわ。

もちろん、大帝陛下は、おふたりをこの世で他の誰よりも信頼なさっておられますし、おそらく、大帝陛下に対して、率直にご意見を申し述べられる者など、天上天下《てんじょうてんげ》に〈帝国の双美姫〉のおふたり以外には誰も考えられません。もちろん、リゼク皇子殿下もおられますけれど、大帝陛下とリゼク皇子殿下の関係というのは——主にリゼク皇子殿下がそういうお立場をお取りになるからですけれど、端《はた》から見ていても時々、耐えられないくらいにぴりぴりすることもあるのです。姫君たちとは……ああ、わかりましたわ、そういうことですね」

早口にまくしたてていたフィリスは、いきなり、しゃべっている最中に合点が行った、というように微笑んだ。

「アムディーラさまとサファリナさまが、オカレスク大帝陛下に、あまりにも率直にすぎるご意見をおっしゃられるので、驚かれたのですね、ゼラフィン皇子殿下は?

そうですよねぇ、皇子殿下は、母上であるウルスラ皇妃殿下に、あのような言葉を使って口答えしたり言い返したりすることはありませんでしたものね。

でも、ご心配には及びません、殿下、あれはたぶん——皇女殿下たちの、大帝陛下への愛情表現のひとつですわ。あのおふたりは、いつも陛下には誰よりも忠実ですもの」

「そ……そうなのか——」

ゼラフィン皇子は、それを聞いて少し安心したような顔をする。そして、言葉を続けた。

「もしかしたら、ひいお祖父《じい》さまと叔母上たちの間に何か深刻な問題が発生しているのを、ぼくだけが知らないのか、と少し、不安になったのです。

何も知らないし、何もわからないので。説明してください、と聞くにも誰に尋ねるのが適切なのかがわからなくて、聞いていいのかどうかもわからず、憚られる」

「そういう時には、わたくしにお尋ねください、皇子殿下。わたくしなどでお役に立てますなら」

フィリスは明るく、そうゼラフィン皇子に答えた。

すると、ゼラフィン皇子はしばらく躊躇ってから、また——尋ねた。

「でも、大帝陛下は、その——怖い方なのだろう、フィリス？」

フィリスはまたしても、一瞬、目を大きく開き、そして、笑うと、言った。

「そうですわね……ええ」

それから真顔になり、真剣な顔で答えた。

「とても、怖い方です。とてもとても。

あのような方には、わたくしは、少なくともこのハラーマ、我らの大地ではお目に掛かったことがありません。この世のありとあらゆる神々すらも、あの方ほど恐ろしくはない——」

そして、ルークのほうを見て、言った。

「ルーク、あなたは大帝陛下とお会いしたことがあるのでしょう？　皇子殿下にお話ししてさしあげれば？」

いきなり話を振られて、ルークは慌てた。

「え？　あ――う……ん。いや、でも……」

馬上で揺られるゼラフィン皇子とフィリス、ふたりの顔が、ルークのほうを見る。

困ったな、とルークは思ったけれど、正直に話すしかなかった。

「ぼくが、大帝陛下にお会いしたのは、まだぼくがすごく幼い頃で。だから、ぼくはほとんどその時のことを覚えていないんです……」

「全然覚えていないの？　何も？」

フィリスは、すごく興味深げに問い返してくる。

それにも慌てて、ルークは首を振った。

「あ……いや、覚えているよ、忘れるもんか――」

記憶が、たちまち、ごっちゃになって脳裏に流れる。あの時のことは何度も思い出して、記憶を整理してる。それでも、不意打ちのようにその時のことを思い出させられると、ルークの心はいまだに混乱する。

そう、この混乱を何とかしなければならないことはわかっているんだ――！

「でも、大帝陛下のことは、なんというか……。そう、覚えているんだ。あの方が目の前に立たれた時、体が震えたのはもちろん、覚えていますよ、フィリス。

あんな大きな〝力〟がある、と感じたことは、初めてだった。その力が、ぼくを守ってくれた。ぼくは、小さな子ネズミのようだって感じたのを覚えている。その巨大な存在とぼくを比べると、本当に……ぼくはその足下の小さな動物みたいだったから。

ぼくが覚えているのは、そのことだけです。

だからなんだか漠然と――そう、ものすごく巨大な壁が聳えていたような印象で……」

ようやく、少し、混乱が去っていく。うん、ちゃんと言えた、とルークは自分を褒めた。その調子だぞ、ルーク……！

「それだけです、ぼくが覚えているのは。すごく怯えて、何日も眠れなくて泣いて、その後であれがぼくを助けてくれた大帝陛下だった、と教えられました」

ルークの答えに、フィリスはうなずいた。

「そうねぇ。〞力〟だけで感じると、そんなふうに思えるかもしれないわねぇ、あの方は。

わたしも、時々、体が震えるもの」

そして、こう、言葉を付け加えた。

「まぁ、いずれにしろ、もうすぐにオカレスク大帝陛下がどういう御方かはゼラフィン皇子殿下も、ルーク、あなたもよく知ることが出来ると思いますわ。

そう、あと、三、四日くらいかしらね」
三、四日……!?
思わず、ゼラフィン皇子とルークは顔を見合わせた。

そういえば、このところ、周囲の風景が変わってきていた。

ずっと、平原を横断してきた。ピザン平原を。

平原には遊牧の民たちもいて、その姿を遠くに見ることもあれば、また、さまざまな魔獣たちの群れとも遭遇しもした。

中でも印象的だったのは、額に角を持つ小柄の馬のような白い獣の群れだ。何千、あるいは何万いようかと思うような大きな群れに遭遇し、ひやりとした。あの群れに向かってこられたら、たとえ〈帝国の双美姫〉の精鋭軍とはいえ、対処できるだろうか、そう思うほどの大きな群れだった。

あるいは、明らかに魔の力を持つほどに成長しているだろう、単独で行動している巨大な猛獣たちの姿も何度か見た。黒くて人の何倍もの上背を持っていそうな巨大な獣や、襲われたらひとたまりもなさそうな牙を持つ獣——。

枝のような角を持つ半身半獣の魔物たちの群れも見た。彼らは火を使い、武具も持っていて、こちらへと威嚇《いかく》するような動きも見せた。平原はそのような異形の魔獣たちの宝庫だったが、時折、彼らからの射るような敵意のようなものを感じても、不思議なほど平穏に行軍は続いた。

何故、彼らは悪さをして来ないのだろう、と一度、ゼラフィン皇子はフィリスに訊いたことがあったが、その時のフィリスの答えはあっさりしていた。

「もちろん、御姫さまの軍隊だからですわ、この軍が。あいつらだとて、アムディーラ皇女殿下とサファリナ皇女殿下の行く手を塞ぐことが、どれだけ危険であるかをよく知っているのです。あいつらは、だから、自分の領域を侵されたことが不愉快であっても、その危険をあえて冒す愚を犯さないだけです。やがてはゼラフィンさまもそういう方におなりになる日が来ますわ！　ゼラフィン皇子殿下の軍を遮る恐れ知らずの魔は、このハラーマには一匹残らずいなくなるんです——そんな日が」

ゼラフィン皇子は、その言葉に少し、自信なげに笑い返して、つぶやくように言った。

「うん……そんな日が来るように——ぼくは頑張らなければいけないね、フィリス」

そんな平原が途切れ、三日ほど前から、また森が見えるようになった。

二日前には、気味が悪い、銀色の鱗《うろこ》を煌めかせた蛇が何万匹も小さな川のようにひと塊になって流れている場所に遭遇したが、その蛇たちの川が出現することが平原が終わろうとしているということなのだ、と兵たちには教えられた。

今は、なだらかな丘陵地のところどころに雑木林が現れては途切れる、幾らか牧歌的な風景の地へと行軍の先が移り変わろうとしている。

　平原は見晴らしが利くけれど、森を抜けていくとそうはいかない。行軍の速度がここに来て、少し、遅くなったように感じられるのは、そのせいだろうと思っていたのだが、目的地に近づいてきたせいもあったのかもしれない——。

　今、なだらかに降りていく丘陵地を抜けていく街道の、坂の下のほうに、アムディーラ皇女、サファリナ皇女が並んで進んでいく姿が見えた。

　遠くから見ても、ふたりの姿は目立つ。

　ふたりはいつも轡を並べて、必ず、一緒に行軍する。

　ふたりのすぐ後ろに控えるように馬を進めているのは、ボザーン将軍だろう。彼は常にふたりの姫将軍を補佐している。むくつけき巨体の老将軍である彼が、ふたりの皇女の前では常に絶対服従であり、その態度にもふたりの皇女への揺るぎない敬愛が溢れている。その信頼の基にあるのは、どれだけの月日の積み重ねなのだろうか。

　大帝陛下とともに、〈帝国の双美姫〉は長きに亘り、このハラーマを人間のものとすべく魔を平定する戦いを続けてきた。ふたりの皇女もまた、外見は若くても、少なくとも五十年以上の歳月をともに帝国軍の先頭に立って戦い続けてきているはずだ——。

　その時、不意に、フィリスが馬の手綱を引いた。

「……すみません、ゼラフィン皇子、ルーク、皇女さまからのお呼び出しだわ。急いで行かなければ。それでは、また」

　そう言うなり、フィリスは隊列から離れ、馬を走らせて坂を駆け下りていった。

　まもなく、坂の下の皇女たちの下へとフィリスの馬が駆け寄るのが見えた。さらに、フィリスが馬から降り、背中に白い翼を出現させ、地上から飛び上がるのも見えた。

今度はどこに伝令に向かうのだろう。

珍しく、森の上には青い空も見えていた。晴れた金色の光が宿る青空へとフィリスの姿は舞い上がり、すぐにその姿は見えなくなった。

2、最前線

その日は、朝に、アムディーラ皇女から伝言があった。ゼラフィン皇子とルークには、皇女たちとともに行軍するように、とのことだった。

「どういうことだろう？　叔母上たちと轡を並べて――ということなのかな？」

ルークに手伝われて、甲冑を着せられながらも、その朝、ゼラフィン皇子はひどくそわそわしていた。

宿舎を出て準備された馬に乗ると、すぐに迎えの騎兵たちが来て、ふたりはアムディーラ皇女とサファリナ皇女がすでに馬に乗っているところへと案内された。

「ここから先は少しばかり危ないからね――覚悟しておきな、ゼラフィン。今日はあたしたちにぴったりとついて来たほうがいいよ」

ふたりの皇女の馬には、鎧が付けられていたし、ふたりの皇女の顔つきも厳しかった。

皇女周辺の空気は張りつめていて、アムディーラ皇女は矢継ぎ早に指示を出し、ぐずぐずしている者や反応が遅い者にはサファリナ皇女の冷たい視線と叱責《しっせき》が容赦なく降り注いでいたので、ゼラフィン皇子とルークは邪魔にならないようにおとなしくしているしかなかった。

やはり、アムディーラ皇女からの指示は、ゼラフィン皇子とルークに、ふたりの皇女のすぐ後ろにぴったりとついて、行軍しろ、ということだった。ゼラフィン皇子のすぐ後ろには、かのボザーン将軍の馬があった。

　アムディーラ皇女は馬上にあっては、片手で馬の手綱を持ち、片手は常に愛剣シムルシスの柄の上に置かれている。むすっとした表情で馬を進めるけれど、その横顔は凜々しく、神々《こうごう》しい、とすらルークは思えて、そんな姿をこんな近くから見ることができると思うと、胸がどきどきして、息が詰まりそうに感じた。

　サファリナ皇女のほうは、むしろ、あまり緊張した様子はなく、いつも少し微笑んで馬を進めていた。けれど、微笑んでいても、その顔つきは少し冷たく、つんと取り澄ましているように見える。氷の皇女、の異名もあるのがうなずける。そして――この軍列には不釣り合いに、凄絶《せいぜつ》に美しい。皇女の長い青いマントが風に翻り、その色の鮮やかさも目に突き刺さるかのようだ。

　伝説の〈双美姫〉が行く。そのすぐ後ろに馬をつけて行軍するその幸運に、ルークは目が眩むような思いで、馬を上手く制するように気を引き締めるのに必死だった。ゼラフィン皇子のお伴を続けるなら、こんなことには慣れなければならないが――！

　やがて、行軍が始まると、遠くから奇妙な喧噪が聞こえてくる。それは昨日の夕方にも微かに聞こえた、と思った音なのだけれど、さらにはっきり、大きく聞こえてくるようになってきた。

（何かを投げている音……それに、それが着弾する破裂音、みたいなものだよな。投擲《とうてき》機を使っている？　城攻めだろうか――）

　空気が泡立っている……戦いの空気だ。そして、人々のあげる雑多な声が、ワァ……ンと大気を震わせ、絶え間なく耳に響いてくる。そう、戦場に来たのだ。

　太陽が頭頂に上がり、もうそろそろ昼の時間になる、という頃に、森が切れ、視界が不意に開けて、その戦場が見えた。

（何……が起こっているんだ、これは？）

広い平野で、目の前には城壁に囲まれた大きな街がある。その街は酷く破壊されていて、城壁は大きく抉れるようにほとんどが崩れている。そして、城壁を囲むように何千もの数え切れない数の巨大な岩弾を投げつける投擲機が扇状《おうぎじょう》に配置されていて、途切れることなく次々とその城壁に囲まれた街に向かって大岩を投げつけている。そして、その街の中心辺りでは、岩に半ば埋もれるようにして、何か巨大な……緑色の生き物、とおぼしきものが蠢《うごめ》いていて――。


投擲機による攻撃で弱っているように見えるが、時々、反撃のように緑色のぬらぬらした触手が出てきては、岩を跳ね返す。そして、その触手に向かっては、火矢が放たれている。

「あれ――は何だ？」


ゼラフィン皇子が、思わず、独り言のように驚きの声をあげた。すると、皇子は別に答えを期待していたわけではないのだろうけれど、サファリナ皇女が、くるり、と馬首を返して、甥の皇子のほうを振り返った。そして、にっこりと笑うと、応えた。

「――よく川辺にいる、緑色で、ぴょんぴょん跳ねているちっちゃな両棲類《りょうせいるい》のやつがいるでしょ、夜になるとよく啼いていて、たまに毒があるやつもいるけれど……」

「ああ、ヴァケリのことですか、叔母上」

「あれの、うんとでかいヤツ。それがね、何匹か出てきて、あの街を攻撃したの――お祖父さまが古き神をちょっと怒らせたせいなんだけれど……」

巨大なヴァケリ――？

（……たって、どれだけでかいんだ――！　街が押し潰されているぞ――？）

何千もの岩の投擲が休みなく続くので、その岩に埋もれて動けなくなっているようだが、あれが動き出したらどういうことになるんだ、と思うと、ルークはぞっとした。

「前にもやりやがったんだよ、あいつは！　その時も、息の根を止めるのにどれだけ苦労したか――！　二度とゴメンだと言ったのに！

　もっとも、あいつはほとんど魔力は使わないし、ぶっ叩けばそれでなんとかなるから、まぁ、面倒だけれど、後の始末はそれほどでもないんだけれどね。死骸を埋めちまい、その後を耕地《こうち》にすれば、悪いモノは残らない――むしろ、土地は肥沃《ひよく》になるんで、悪いことばかりではないけれど……あああ、もぉっ、なんでこういうことをするかね、あのヒトは！　それだって、潰された街を再建するのは、途方もない労力の無駄だし！」

　サファリナ皇女が馬頭を戻す間に、アムディーラ皇女も少し、馬の足を止め、頭を掻きむしるような動作をして、罵るようにわめいた。

　あのヒト、というのは、やっぱり――オカレスク大帝陛下のこと、なんだろうなぁ、とルークは思う。つまり、大帝陛下が、古き神を怒らせて、この災害をあの街にもたらした、というふうに皇女たちは考えている……ということなのだろうけれど。本当にそうなんだろうか？

　オカレスク大帝陛下に、もしかしたら、ぼくは多大な期待を持ちすぎているのかな、とルークは自問した。かの大帝陛下への気持ちは、崇拝、という域に入ってしまっているので、そんなことは考えるだけでも不敬だ、と感じてしまうのだけれど――大帝陛下には、そんなふうに普通に過ちを犯すような人間的な面もおありなのだろうか？

　……そんなことをルークが考えていると。

　くるり、とサファリナ皇女の馬が、ふたたび、馬頭を翻して、今度はルークのほうを見た。そして、微笑んで、言った。

「ルーク、大帝陛下は、過ちなどなさらないわ。古き神々に対して、あの方がわかっていないことなど、そんなに多くはないもの。

つまり、あの方が何かをなさる時にはね、もちろん、過ちではなくて、意図的——つまり、ワザと、なの」

そして、すぐに馬頭を戻して、もとの姿勢に戻った。

ルークは、目を真ん丸くして、瞬《しばたた》かせた。あまりに驚いてしまって。

（え——え……ええ？）

一瞬、何が起こったのか、わからなかった。

今のも、心を読んだ——わけではなく？　いや、心を読んでいるわけではない、と前に言っていたのだから、たぶん、それはそうなのだろうけれど、なんだか本当に心を読まれていたかのようだった。


やはり、オカレスク皇家の方はただ者ではない、とルークは唸《うな》った。


そして、午後。

皇女たちは厳重に警護されて、街を囲む軍勢の本陣にある巨大な天幕の前に到着した。

アムディーラ皇女とサファリナ皇女、そしてここではゼラフィン皇子の名を歓呼する兵士たちの声によって出迎えられた。

そして、もちろん、オカレスク大帝陛下を歓呼する声もそこにはあった。

天幕の上には旗がある。レムーラの花を象《かたど》ったオカレスク大帝の旗だ。旗は、風に翻って吹き流されていた。ここに、オカレスク大帝陛下がおられるはずだ。

アムディーラ皇女、サファリナ皇女が馬から降り、ボザーン将軍が助けてくれて、ゼラフィン皇子が馬から下ろされた。ルークも馬から降りた。

アムディーラ皇女がつかつかとまっすぐに天幕へと歩いていき、戸惑っているゼラフィン皇子とルークにサファリナ皇女が近づいてきて、ふたりの肩にそっと手を添えて、言った。

「一緒にいらっしゃい、ゼラフィン、ルーク」

それで、ふたりはサファリナ皇女に連れられて、歓呼の声が雷鳴のように轟《とどろ》く中、大帝の天幕の中へと、アムディーラ皇女の後を追って、入って行った。

陽は遮られていて、天幕の中は少し薄暗かったけれど、涼しかった。

そして、そこには、まるで城の中の部屋であるかのようにさまざまな調度が整えられていて――。

中にあった大きな机の前に、とても若い青年がひとり、佇んでいた。

黒い髪。その髪を肩のところでふっさりと切り揃えた、涼しげで端整な顔立ちをした、小柄な青年だった。頭は良さそうだが、少しばかり生意気そうに見える。少々小生意気そうであっても優しげな表情をした、ほっそりとした体つきの美しい青年だ。

「やぁ、来たね、アムディーラ、サファリナ」

機嫌良く、気安く、その青年はにっこりと笑って、ふたりの皇女を迎えた。

ふたりの皇女をそんなふうにその青年が呼び捨てにしたのにルークは驚いたが、さらに驚いたのは、その青年の前まで歩いて行ったアムディーラ皇女が叫んだ、その第一声だった。

「今度は、また、何やってやがんだよ、じじぃ！」

――じじぃ？

ルークは、ぽかん、と口を開いた。

「……口が悪いぞ、アムディーラ」

若い青年は、顔に浮かべていた微笑みを収めて、眉を少し、顰めた。

アムディーラ皇女はさらに叫んだ。

「じじぃをじじぃと呼んで何が悪い！　ありゃ、どーゆうことだよ！　この前、女神ガラナールに同じことをしやがった時に、もうあんなことは二度としない、と約束したはずだぜっ！　それが――！」

「うるさいぞ、孫娘」

ぴしり、と青年は言い返した。すると、不満そうにアムディーラ皇女は口を噤《つぐ》んだ。

「つまりは、あれをわたくしたちが始末すればよろしいんですのね、お祖父さま？」

諦めたような、けれど妙に冷たい空気のある声で、サファリナ皇女はその青年に言った。

「お前は物わかりがいいな、サファリナ」

ふたたび上機嫌になって、青年はサファリナ皇女に笑いかけた。

そして、その青年は、唖然としているゼラフィン皇子のほうを見て、感じよく微笑んだ。

「ほぉ。すると、その子が新しく来たわたしの曾孫、というわけか。

よく来たな、ゼラフィン」

――もちろん、ルークも、大きな魔力を持つ者は、その魔力に相対して年を経るのが遅い、ということは知っていた。何よりも、自分がその影響を受けていたから。

けれど、まさか……！

目の前に立つオカレスク大帝陛下は、どう見ても、アムディーラ皇女とサファリナ皇女の祖父、という年齢には見えず、それどころか、ふたりの皇女より若く見えた。たぶん、ここでアムディーラ皇女に、自分の弟だ、と紹介されても、まったく疑うことはなかっただろう。ゼラフィン皇子の兄である、と言われても――。

だが、アムディーラ皇女とオカレスク大帝の顔立ちがとてもよく似ていることから、確かに、血の繋

がりがあるのがわかるのは見て取れる。

そして……！

ルークは、ぶるっ、と体を震わせた。

外見がどうあれ、ルークは感じ取った。なるほど、この方がオカレスク大帝陛下だ、と。

幼い頃に感じた、聳える壁、どこか絶壁《ぜっぺき》のような存在を感じる、凄まじい〝力〟――もう一度、ルークの全身が、ぶるっ、と震えた。

オカレスク大帝の目が、ルークのほうに向けられたからだ。

若々しい黒い双眸、その怜悧な視線がルークをとらえ、そして、とても気さくな笑い顔がまた、ルークに向けられた。

「やぁ、きみだね――グルク。きみのその名はちゃんと覚えているよ。今は、ルーク、と呼ばれているようだけれど。

久しぶりだね。きみはぼくを覚えている？」

ルークは、答えられなかった。口元が強ばってしまって。

この人は、本当に〝人〟なのだろうか、〝神〟ではなく？　そうルークが考えると。

オカレスク大帝の口端が、にやり、と笑った。まるで、人をからかうかのように。


（第2巻につづく）

あとがき

「帝国の双美姫」……アムディーラ皇女とサファリナ皇女の物語をお届けします。同時に、この物語は少年ルークの物語であり、後に美帝と呼ばれることになるゼラフィン皇子の物語であり——さらに、オカレスク大帝の物語でもあります。

小説の神さまにまずは感謝を。実は、この物語は、わたしがとても書きたい、と思っていた物語でした。でも、書けるかどうか、というのは——天命だなぁ、と、つくづく、感じます。この世のことというのは、一個人の努力で実現することは、実は少ないのかもしれない、と最近、思うのですよね。たとえば、ひとつの日常品、あなたが気に入っている小さな湯飲みやお茶碗、あなたが気に入って毎日飲んでいる飲料品やお菓子、これがなければ生きていけない、というような愛用品、そうしたすべてのものも、実はあなたの手の中にあるのは偶然ではないかもしれない、運命なのかもしれません。もちろん、それを「運命」とまで感じるのは、あなたにとって命を繋ぐ最後のよすが、になった時だけかもしれませんが。でも、さまざまな日常品にも、それを作った「誰か」がいるわけです。わたしが書く物語が在るのには、この物語を書くわたし、という者がいるように。その「誰か」が作らなければ、あなたの手元にその「何か」は無いわけです。そう思えば——それは運命だ、と感じませんか？

　で、なにごとも大げさに考えるのはどうか、と思わないでもないけれど、こうして「帝国の双美姫」を書いていると、感謝しなきゃなぁ、と思うわけです。こうして書いて、誰かにその物語を届けられている、という、この「現実」に対して。だって、わたしはとても書きたかったわけですから。書いて語って、誰かに読んで欲しいのです、このふたりの皇女の物語を。

　二年ほど前に、わたしは筑摩書房から〈アーサー王宮廷物語〉という三部作の本を上梓しました。書きたかった、アーサー王の物語です。「キャメロットの鷹」「聖杯の王」「最後の戦い」という、この三冊の本を書き終えた時に、わたしは自分のひとつの使命が終わったかのようにすら感じました。それで、何かが終わるか、と思ったのですが、むしろ、違う何かが始まってしまったようです――わたしは、書きたい物語が自分の中にあることに気付きましたし、小説の神さまからも書くように促されたみたいです。つまりは、わたしはファンタジー、という小説ジャンルが好きで、どうあろうと書き続けたい、そう思っているらしいのです。

　もちろん、個人の力ではどうなるものでもないですから、そう思ったからと言って、書けるかどうかというのは……運命です（笑）。だから、本当に感謝しているし、書けて嬉しいんですよねぇ――んん、どんなに嬉しいか、心を開いて、誰かに見せたいくらいです。

この小説を書き終えて、すぐに駅前のタイ式マッサージのお店に行ったのですが、わたしの腕の筋肉から肩、首まではぱんぱんに腫れていて、マッサージをしてくださったタイ人のマッサージ師の手にかかっても、その肩だけはどうにもなりませんでした。彼女はとてもプロフェッショナルな人だったので、必死でマッサージをしてくださってもわたしの肩がそこまでどうにもならなかったことには悔しそうな顔をしていましたけれど（笑）……まぁ、そんなわけで、結構、書き上げるまでは七転八倒でした。書いても書いても終わらないぞー、という……（笑）。

よく、わたしが小説家だと知った方に、「どうやって本を書くのですか？」と尋ねられるのですが、簡単です……一文字一文字、キイボードを叩いて、字を書いていくのです、物語を頭に描いて。大体、四百字が入る原稿用紙換算にして二百枚から三百枚、お好きでしたらさらに二百枚くらい書いて、五百枚くらいまで書けば、そこにはあなたが作りたい物語が書かれていることでしょう。もちろん、一日では書き上がりません、一ヶ月から二ヶ月、時には三ヶ月、半年、かかることもあります。壺を作る人だって、蒔絵の箱を作る人だって、そうして何ヶ月も集中して物を作り出すのでしょうから、基本的にはやっていることは同じです。そうして書き、語ることが生きる喜びになれば……あなたは小説家になれます。そうして、わたしも小説家になりました。

アムディーラ皇女とサファァリナ皇女。ふたりはずいぶん長く、わたしの心の中にある物語として、在り続けました。背丈が小さな、コンプレックスいっぱいだけれど、生真面目で必死なルーク少年と一緒に。さて、本名はグルク、というこの少年が、そうした自分の姿をわたしに書かれたがっていたかどうかは、実はかなり疑問なのですが、こうなったら覚悟していただきましょう、これも運命です（笑）。今回、イラストを担当していただくことになったＨＡＣＣＡＮさんには、とても愛らしい姿に描いていただけるようですし！　どうぞよろしくお願いします！

この物語の舞台となるハラーマ大陸は、魔獣と精霊と魔物、悪しき古き神々と、闇と恐怖に満ちた世界です。ゼラフィン皇子とルークにとっても厳しい世界ですし、すべての人間にとって厳しい世界です。でも、時にわたしは闇にとても惹かれます――今が、あまりに光に慣れきった世界だからかもしれない。日本の、東京という都会で暮らしていると、光はあまりに当たり前にあります――夜にも。

でも、真の闇の中では、月が、星の灯りすらが、どれほどに明るいかを知る時、はっとしますね……今の時代が、いかにわたしたちにとって優しい明るい時代であるか。いつまでも、わたしたちがこの光の優しさを失わないでいられますように、と願いつつ。

この物語を書き始めよう、と思います。

ひかわ玲子

幻狼ファンタジアノベルス

幻GENROU狼
FANTASIA
NOVELS

魔女の戴冠 I

NOVEL 高瀬美恵

ILLUST 中村龍徳

聖エレオノーラ女学院は、一流の魔女を養成する名門校。可憐な少女達が、魔法の勉強に勤しむ学院で、突如凄惨な事件が巻き起こる！　兄を殺された白魔女の卵・キアラは、禁断の黒魔術を持ち出し復讐を誓うが、忽然と目の前に現れた冴えない風情の青年に阻まれ…。２人の出会いは、やがて聖エレオノーラ女学院おろか、国全体を巻き込む大きな物語の幕開けだった…！

幻狼ファンタジアノベルス

新装版

天魔の羅刹兵 蒼月譚

NOVEL 高瀬彼方

ILLUST 成庵

1543年、日本に「種子島」が伝来。だが、それは鉄砲ではなく巨大人型兵器だった!! 種子島・羅刹兵——その操者である明智光秀は、長篠における武田勝頼軍との合戦の最中、ひとりの少年を拾う。名は、穴山小平太。彼には、羅刹兵操者としての非凡な素質が秘められていたのだった…。常識を根底から覆す、全く新しい戦国活劇が、いまはじまる!!

幻狼ファンタジアノベルス

幻 GENROU 狼 FANTASIA NOVELS

ルナ・シューター1

NOVEL 林譲治

ILLUST 西野幸治

2025年、突如月面上に現れ、人類への攻撃を開始した地球外文明のヒューマノイド・ラミア。月を奪還せんと地球から派遣された月面軍の中には、ラミアに婚約者を殺された日本人・仁乃涼がいた! ラミアとはいったい何者なのか? その目的は何なのか? 謎が明らかになるとき、人類は驚くべき真実に遭遇する…。SF小説の旗手・林譲治が満を持しておくる新シリーズ、ここに登場!

幻狼ファンタジアノベルス

幻 GENROU 狼 FANTASIA NOVELS

Calling《コーリング》 1

NOVEL 柏枝真郷

ILLUST 春乃壱

2001年9月11日——アメリカが誇る2つのビルがテロにより崩壊し、343名の消防士が殉職したこの日、一人の日本人留学生・次郎の運命もまた大きく変わった。数年後、NYの消防士となった次郎の前に、元警官のレイモンドが新人消防士として現れる。彼もまた、9.11によってその運命を変えられた人間だった…。NYを舞台に、2人の消防士の奮闘を描く新人消防士成長ドラマ、ここに始まる！

幻 GENROU 狼 FANTASIA NOVELS

幻狼ファンタジアノベルス

STOP!! ダークネス1

NOVEL 朝松健

ILLUST 川添和佐

「あ、マスター、お水持ってきてくれないか」「旦さん、ちょっと肩揉んどくれやす」「おい、貴様、何か食い物もってこい」ミンタカ、アルニタク、アルニラム——うっかり女悪魔3人の封印を解いてしまったことで、神奈三四郎の平穏なる日常は完膚なきまでに破壊されることとなった。おまけに謎の黒魔術集団まで現て…。朝松健が描くスラップスティック・コメディの幕が今開く！

GENROU FANTASIA NOVELS

Information

この本を読んでのご意見・ご感想を
下記の住所までお寄せ下さい。

〒151-0051 東京都渋谷区千駄ヶ谷4-9-7
株式会社 幻冬舎コミックス
幻狼ファンタジアノベルス編集部

幻GENROU狼
FANTASIA NOVELS

Colophon

帝国の双美姫［そうびき］——**1**
PRINCESS OF EMPIRE——Volume one

二〇〇八年八月三十一日——第一刷発行

著者——**ひかわ玲子** ひかわれいこ
発行人——**伊藤嘉彦**
発行元——**株式会社 幻冬舎コミックス**
〒一五一－〇〇五一
東京都渋谷区千駄ヶ谷 四－九－七
電話 〇三－五四一一－六四三四（編集）
発売元——**株式会社 幻冬舎**
〒一五一－〇〇五一
東京都渋谷区千駄ヶ谷 四－九－七
電話 〇三－五四一一－六二二二（営業）
振替 〇〇一二〇－八－七六七六四三
コンセプトデザイン——**コードデザインスタジオ**
印刷・製本所——**共同印刷株式会社**

検印廃止

ISBN978-4-344-81387-8 C0293
Printed in Japan

本作品はフィクションです。実在の人物・団体・事件などには関係ありません。

幻冬舎コミックスホームページ————http://www.gentosha-comics.net